Le roman de George et Martha

Mary Higgins Clark

Le roman de George et Martha

Traduit de l'anglais par Anne Damour

ÉDITIONS FRANCE LOISIRS

Titre original : Mount Vernon Love Story

Publié en accord avec l'éditeur original
Simon & Schuster, Inc., New York

Édition du Club France Loisirs,
avec l'autorisation des Éditions Albin Michel.

Éditions France Loisirs,
123, boulevard de Grenelle, Paris
www.franceloisirs.com

ISBN : 978-2-298-01285-9

En souvenir heureux de Warren
Et pour Marilyn, Warren, David, Carol et Patty
Qui sont ce que nous avons de meilleur

Cher lecteur,

J'ai grandi dans l'idée que George Washington, notre premier président, était un homme arrogant totalement dépourvu d'humour. Cette opinion était nourrie de propos qui lui sont attribués, du style : « Père, je suis incapable de mentir, c'est moi qui ai abattu le cerisier. »

C'est en faisant des recherches pour des feuilletons radiophoniques que j'ai découvert avec étonnement l'homme séduisant qui se cachait derrière la pieuse légende. Les propos orgueilleux qui lui sont prêtés sont des inventions de Parson Weems, un conférencier mondain qui s'était fait, après la mort de Washington, un fonds de commerce d'histoires totalement inventées. C'est dommage, la vérité l'aurait bien mieux servi.

Washington était un géant dans tous les sens du terme, à commencer par sa taille. À une époque où un homme mesurait en moyenne un mètre soixante-cinq, il dépassait tout le monde de la tête avec son mètre quatre-vingt-treize. Et c'est en consultant les archives que j'appris que notre président était le meilleur danseur de la colonie de Virginie. Il était aussi un cavalier accompli, ce qui explique l'admiration des Indiens à son égard : « Il monte à cheval comme un Indien », disait un de leurs chefs.

J'avais toujours cru qu'il avait épousé une femme plus âgée que lui, une veuve, et que son véritable amour avait été Sally Carey, l'épouse de son meilleur ami. En réalité, George et Martha s'aimaient d'un amour réel. Et elle avait trois mois de plus que lui, vingt-sept ans alors qu'il en avait vingt-six le jour de leur mariage. Pendant les quarante-deux années qui suivirent, elle partagea pleinement sa vie. Elle traversa les lignes anglaises pour le rejoindre à Boston et supporta avec lui les rigueurs de l'hiver à Valley Forge. De même qu'on n'a jamais appelé Claudia la femme du président Lyndon Johnson, lady Bird Johnson, de même Martha Washington ne fut jamais désignée par son prénom. Sa famille et ses amis l'appelaient Patsy. Pour George elle était « ma très chère Patsy » et il portait à son cou un médaillon contenant une mèche de ses cheveux.

Le Roman de Martha et George est mon premier livre, un roman biographique ayant pour sujet deux personnes que j'ai appris à aimer et à respecter. Il a été publié en 1969 sous le titre

Aspire to the Heavens qui était la devise de la famille de la mère de Washington. Tous les faits, dates, descriptions et personnages ont fait l'objet de vérifications historiques.

Je suis heureuse que cet ouvrage soit publié aujourd'hui. J'espère que vous aurez autant de plaisir à le lire que j'en ai eu à l'écrire.

Sincèrement,

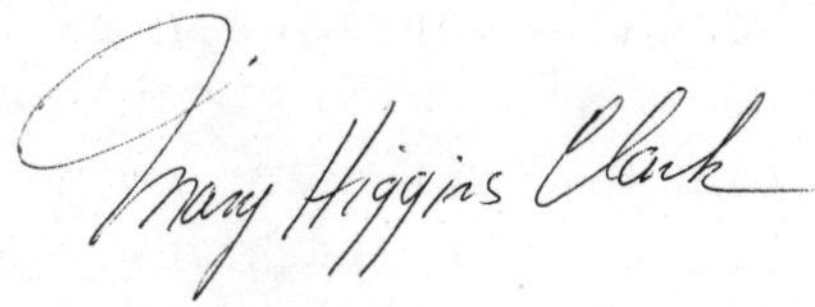

4 mars 1797
11 heures 45
Philadelphie, Pennsylvanie

C'était un matin venteux et âpre de mars, et la ville avait un aspect lugubre et inhospitalier, glacial sous un ciel bas. Mais l'homme qui se tenait à la fenêtre de son bureau dans la vaste maison de Market Street n'entendait pas le bruit du vent contre les vitres, pas plus qu'il ne sentait le courant d'air qui s'infiltrait entre les interstices des encadrements de fenêtres. Il contemplait la rue d'un air absent.

Il était à des miles de là en esprit, en chemin pour Mount Vernon. Impatient, il se représentait les dernières minutes du voyage. La calèche prenait de la vitesse, les chevaux accéléraient l'allure le long de la route sinueuse. Puis ils atteignaient le dernier tournant et il était enfin arrivé... dans la grande maison blanche et resplendissante sous le soleil de l'après-midi.

Pendant des années, il avait attendu ce moment. Plusieurs fois durant sa grave maladie il avait craint de ne pas vivre pas assez longtemps pour profiter de Mount Vernon. Mais l'heure approchait. Il allait enfin pouvoir rentrer chez lui.

C'était un homme de haute stature au port imposant. Quand il avait vingt-six ans, un chef indien avait déclaré avec admiration qu'il marchait plus droit que les braves de sa tribu. À soixante-cinq ans il s'était légèrement voûté comme ces grands arbres qui se courbent sous la poussée du vent.

Ses épaules étaient toujours aussi larges, même si elles n'évoquaient plus cette force agile qui lui donnait jadis l'allure d'un dieu aux yeux de ses soldats. Les longs cheveux blancs étaient pris dans un filet de soie serré sur la nuque. Le costume de velours noir et le gilet blanc nacré étaient presque devenus un uniforme. Le temps des tenues bleu et rouge appartenait au passé.

Il était tellement absorbé dans ses pensées qu'il n'entendit pas le coup frappé doucement à la porte de son bureau et ne remarqua pas qu'elle s'était ouverte. Patsy resta longuement immobile à l'examiner. Il lui paraissait amaigri et soucieux. Puis son inquiétude se dissipa, comme emportée par un flot joyeux. Ses craintes avaient été vaines ! Pendant huit ans elle avait vécu dans l'angoisse, poursuivie par le pressentiment qu'un malheur allait frapper George... qu'il ne vivrait pas assez longtemps pour qu'ils rentrent ensemble chez eux... Mais elle s'était trompée. Dieu soit loué, elle s'était trompée.

C'était une femme de petite taille. L'âge venant, le visage arrondi aux traits de poupée s'était alourdi. Pourtant elle se déplaçait toujours d'un pas léger et preste, et de son bonnet matinal s'échappaient autour de son front quelques boucles argentées qui lui donnaient un air juvénile désarmant. Voilà longtemps, elle avait expliqué à l'homme qu'elle regardait en ce moment que son nom véritable était Martha mais que son père, le trouvant trop austère, l'avait surnommée Patsy. Et aujourd'hui, cet homme restait presque le seul à l'appeler Patsy.

Elle s'avança dans la pièce et se dirigea vers lui. « Êtes-vous prêt à partir ? demanda-t-elle. Il se fait tard. »

Il se retourna vivement, l'air surpris, puis au prix d'un effort revint au présent. Avec une expression contrite il saisit son chapeau noir d'officier et ses gants de chevreau crème. « En réalité, après avoir dit et répété que j'attendais ce jour avec impatience, il serait malvenu d'être en retard au moment de ma délivrance », fit-il avec une note d'humour. Il enfila ses gants et soupira : « C'est bien fini, n'est-ce pas, Patsy ? »

Elle parut un instant anxieuse. « C'est sans arrière-pensée que vous partez, n'est-ce pas, mon ami ? Vous êtes sûr de ne pas regretter d'avoir renoncé à un autre mandat ? »

Il serra son chapeau sous son bras et un éclat pétilla dans ses yeux. « Ma chère, si John Adams est aussi content d'occuper ce bureau que je le suis de le quitter, il doit être l'homme le plus heureux du monde. »

Il déposa un baiser léger sur la joue de sa femme. « Je ne serai pas long, lui dit-il, et ensuite, si lady Washington ne voit pas d'inconvénient à passer l'après-midi avec un simple citoyen…

– J'aimerais pouvoir vous accompagner », dit-elle.

Il secoua la tête. « Mme Adams étant dans l'impossibilité d'assister au serment de son mari, votre présence risquerait de souligner son absence. »

Puis il partit. Son valet, Christopher, attendait dans l'entrée pour lui ouvrir la porte. « Au revoir, monsieur le Président », disait-il en général. Aujourd'hui il s'inclina simplement. Les mots avaient expiré sur ses lèvres au moment où il s'était rendu compte qu'il ne les prononcerait plus jamais. Mais, après avoir refermé la porte derrière le vieux gentleman, il murmura doucement : « Au revoir, monsieur le Président. »

Le vent fouetta le chapeau à large bord. Il y porta la main pour le retenir, puis se raidit et, d'un pas rapide, longea le pâté de maisons. Un petit groupe de spectateurs était massé à la grille du parc de la résidence officielle. Ils s'inclinèrent et il leur adressa un signe de tête. Il entendit le bruit de leurs pas derrière lui tandis qu'il prenait la direction de Federal Hall.

Une violente bourrasque le frappa de plein fouet et il se pencha légèrement en avant. Peut-être aurait-il dû commander la calèche, regretta-t-il un instant, mais le trajet était relativement court et il lui plaisait de se rendre à pied à cette cérémonie. C'était plus discret et il souhaitait se montrer discret désormais.

Peut-être aussi avait-il besoin de ce moment de solitude. Il fallait savoir s'adapter à la fin du chemin comme on s'était adapté à son commencement.

Le commencement... Il lui semblait que c'était hier que sa mère lui reprochait de passer son temps à rêvasser sans jamais rien accomplir. Pourtant ce n'était pas hier. C'était plus de cinquante ans auparavant, quand il était un garçon de douze ou treize ans, à Ferry Farm.

La fraîcheur de l'air fit place à l'atmosphère morne et glaciale d'un salon rébarbatif. Le craquement de ses bottes se transforma en bruit de pas sur le parquet nu. Les branches dépouillées des arbres prirent l'apparence du triste mobilier de sa mère. C'est plongé dans les souvenirs de cette maison qu'il accomplit à pied son dernier trajet en tant que président des États-Unis...

Mars 1745
3 heures de l'après-midi
Ferry Farm

Mal installé dans un des vieux fauteuils inconfortables du salon de Ferry Farm, il frappait légèrement le sol du pied. Comme toujours il lui avait fallu du temps avant de s'absorber dans son livre. Il y avait quelque chose de rébarbatif dans cette pièce aux meubles austères, dans la maison elle-même.

Malgré son jeune âge, il avait déjà décidé que le jour où il serait adulte, sa maison serait gaie et accueillante. Il y aurait de beaux papiers aux murs et une cheminée de marbre, du stuc au plafond, et d'élégantes tables d'acajou que l'on rapprocherait pour recevoir des invités. George avait treize ans et laissait courir son imagination.

Avec un soupir, il revint à son livre. Il se tortilla sur son siège, cherchant une position confortable. Il n'avait jamais assez de place pour caser ses jambes – il avait grandi de huit centimètres en un an, mesurait à présent plus d'un mètre quatre-vingts et il semblait qu'il n'eût pas atteint sa taille définitive. Même ses épaules ne rentraient plus dans la chemise de toile que sa mère estimait lui convenir.

Il lisait le *Young Man's Companion*. Son passage favori était :

Obtiens ce que tu désires
honnêtement
Utilise ce que tu obtiens
frugalement
C'est la seule façon de vivre
confortablement
Et de mourir honorablement.

Le livre glissa de ses genoux. Il ferait de sa vie quelque chose d'utile. Voilà longtemps, il avait promis à sa mère d'être digne de la devise familiale. Mary Bell Washington était une femme difficile à contenter, mais cette promesse l'avait ravie, suscitant un de ses rares moments de tendresse.

George se remémora l'histoire de l'arrivée de sa mère dans cette maison quand elle était jeune mariée. Son père l'avait portée pour franchir la porte et son regard était immédiatement tombé sur l'exemplaire familial des *Contemplations* de Martin Hale. La gouvernante l'avait laissé ouvert à la page qui portait la signature de la première épouse de son mari.

Mary Washington avait dit à son mari : « Déposez-moi, je vous prie. » Avec assurance elle s'était dirigée vers le livre, avait saisi une plume et apposé son propre nom, d'une écriture ferme et enjolivée. À partir de ce jour la nouvelle maîtresse de maison avait pris les choses en main.

George éprouvait plus de respect que de tendresse pour sa mère. Depuis la mort de son père, survenue alors qu'il avait douze ans, il avait essayé d'être l'homme de la famille, mais Mary Washington ne tolérait pas que lui soit ôtée une once d'autorité, même par son propre fils. Elle prenait soin de sa famille, dirigeait les régisseurs qui administraient les vastes terres léguées par son mari et portait une cravache de cuir à la ceinture pour s'assurer de l'obéissance de ses rejetons.

George se sentait plus heureux lors des longs séjours qu'il faisait chez ses demi-frères Augustine et Lawrence. Ils vivaient dans leurs terres. Lawrence habitait le domaine de la Hunting Creek qu'il avait rebaptisé Mount Vernon, et Augustine la Rappahannock Farm près de Fredericksburg.

Les deux jeunes gens semblaient comprendre les sentiments de George qu'ils invitaient souvent pour de longues périodes. « Et comment se porte votre bonne mère ? demandait Lawrence. Toujours la même ?

– La même », répondait George, espérant que sa voix ne trahissait pas l'ironie de sa réponse.

Il aurait voulu éprouver davantage d'affection pour elle. Puis il l'oubliait et se laissait gagner par l'atmosphère chaleureuse qui régnait autour de ses frères et de leurs familles.

Sa mère entra brusquement dans la pièce. « Toujours à paresser ? » Sa silhouette mince était encore plus raide que d'habitude. Les narines de son nez rectiligne semblaient humer l'air… un signe inquiétant.

George se leva d'un bond. « Non, madame. Je lisais mes méditations. » Timidement, il montra du doigt le livre qui avait échoué sur le sol.

Sa mère le ramassa. « Il ne suffit pas de méditer ou de lire quelques propos sur la manière de mener son existence. Il importe surtout de s'y préparer. Vous avez fait vos devoirs ?

– Oui, mère. »

Il hésita. Le moment était probablement mal choisi pour aborder un sujet délicat, mais l'envie de savoir ce que pensait sa mère l'emporta. « Mère, avez-vous réfléchi à mon souhait de m'embarquer ? »

En effet, ce n'était pas le bon moment. Les sourcils de Mary Washington, épais et bien dessinés, se rapprochèrent pour former une ligne presque continue. « Je ne vois aucune raison d'y penser aujourd'hui. J'ai au moins trois ans pour examiner la question. » Elle tourna les talons et quitta la pièce à grands pas.

Elle était sortie depuis à peine quelques minutes quand Betty, la sœur de George, entra sans bruit. « Est-ce qu'elle s'est encore fâchée contre toi ? » demanda-t-elle d'un ton inquiet.

George lui sourit. Betty n'avait qu'un an de moins que lui et ils étaient très proches. Il s'étonnait toujours en la voyant. Comment pouvait-elle être la fille de sa mère ? Betty était jolie, gaie et insouciante. Elle gardait constamment un roman glissé dans son panier à ouvrage. Quand elle traversait une pièce, elle donnait l'impression de danser. Curieusement, de tous les enfants, c'était elle qui s'entendait le mieux avec leur mère.

George et elle se comprenaient à demi-mot et partageaient les mêmes rêves. Betty, elle aussi, avait des idées bien arrêtées concernant l'endroit où elle vivrait. « J'aurai la maison la plus somptueuse de Fredericksburg, disait-elle souvent. Elle sera construite spécialement pour moi, il y aura de grosses poutres et des ornements de cuivre, un salon magnifique avec des meubles élégants. Et je serai vêtue des plus belles robes confectionnées à Londres. J'aurai beaucoup d'invités et serai toujours d'humeur joyeuse, pas question de mener la même vie qu'ici. » Chaque fois qu'elle arrivait à cette partie de son rêve, elle fronçait le nez et ressemblait presque à sa mère.

Elle se planta devant son frère qui la dominait de sa haute taille et le regarda avec adoration.

George lui souleva le menton. « Que Dieu vienne en aide aux jeunes gens qui feront ta connaissance d'ici un an ou deux. Non, petite sœur, elle n'est pas vraiment fâchée. Elle cherche seulement une raison de l'être, aussi méfie-toi. »

Betty eut un petit rire. « Bon, si elle va à la cuisine, elle aura toutes les raisons voulues. Le nouveau marmiton a laissé brûler le porc et le cuisinier est en état de choc. »

George grommela. « Le dîner va être charmant. Heureusement, je pars demain pour Mount Vernon. »

Betty soupira. « Je suis contente pour toi, mais tu vas me manquer. Tu te plais beaucoup à Mount Vernon, n'est-ce pas ? »

George réfléchit un moment. « Oui, dit-il. Lawrence et Anne sont tellement bons pour moi, et puis il y a autre chose. Ces terres... quand le soleil les baigne de lumière, ou que la neige les couvre de son manteau blanc. Le paysage en automne, lorsque les grands arbres perdent leurs feuilles. Le bonheur de parcourir à cheval les hectares qui entourent Belvoir et d'aller rendre visite aux Fairfax. Puis de rentrer tard à la maison, à l'heure où les ombres du soir gagnent la maison, où le soleil se couche et où le Potomac luit d'une lumière sombre. Oui, Betty, j'aime vraiment Mount Vernon. »

4 mars 1797
11 heures 55
Philadelphie

La salve le ramena brutalement à la réalité. Bien sûr, on tirait le canon pour signifier l'importance de l'événement qui allait se dérouler. Pendant une seconde, il songea aux canons grâce auxquels cet instant avait été possible – ceux qui avaient ébranlé le silence en 1774 et 1775.

La foule était rassemblée autour du bâtiment du Congrès. Elle s'écarta pour le laisser passer. Il commença à monter les marches. Les applaudissements éclatèrent. Hésitants au début, une unique paire de mains donnant le signal, puis gagnant bientôt toute l'assistance.

Le brouhaha l'avait précédé et les membres de la Chambre basse étaient déjà debout lorsqu'il arriva. Un tonnerre d'ovations salua son entrée, s'éleva jusqu'au plafond, se répercutant sur les murs de la vaste salle, se mêlant aux acclamations de la population au-dehors.

Il hâta le pas, soucieux de gagner son siège au plus vite afin que cesse ce bruyant hommage.

Je ne m'y attendais pas, pensa-t-il. Pas aujourd'hui. Mais quand il eut atteint sa place et s'y tint debout, les acclamations ne cessèrent pas immédiatement ; elles allèrent crescendo avant de diminuer puis de mourir comme à regret.

Jefferson fit alors son entrée. Le Président regarda la haute silhouette aristocratique traverser la salle. Jefferson portait une redingote bleue et ses traits patriciens ne trahissaient en rien l'agitation qui habitait sans doute le Vice-président élu.

Ils avaient souvent eu des opinions contraires, au point que Jefferson avait démissionné du gouvernement. Mais George considérait son vieil ami avec affection. Il n'aurait pas avoué, même en secret, qu'en dépit des nombreux différends qui l'avaient opposé à Jefferson, il éprouvait, ô combien, plus de sympathie pour lui que pour John Adams.

Il se rappela ce jour de 1776 où un envoyé s'était présenté à son quartier général de New York, apportant un exemplaire de la Déclaration d'indépendance. Il l'avait ouvert lentement. Pendant des mois il avait réclamé un tel document, craignant qu'il ne vît jamais le jour. Même après un an de conflit, certains membres du Congrès évoquaient encore la possibilité d'une réconciliation avec l'Angleterre. Il avait tenté de leur démontrer que l'armée devait combattre pour la défense d'une cause ; qu'elle devait avoir un but. Indépendance était un mot chargé de signification. Il permettait aux hommes de supporter la faim et les souffrances. Il chassait la peur de leurs esprits. Et, néanmoins, beaucoup de législateurs hésitaient encore à rompre définitivement avec la mère patrie.

En fin de compte, on lui avait promis qu'un document officiel serait publié. Dans le climat de désespoir de cette première campagne de New York, il l'avait longuement attendu, redoutant qu'il ne soit insuffisant et complaisant. Savoir Thomas Jefferson chargé de sa rédaction l'avait quelque peu réconforté. Jefferson était jeune, mais doté de la plume vigoureuse d'un homme dévoué à une cause. Puis, quand il avait lu la Déclaration, s'imprégnant de sa richesse et de sa force, enthousiasmé par son style empreint de majesté et de vision, il avait ordonné qu'elle soit proclamée devant toutes les troupes. Ce soir-là, il s'était tenu à la porte du quartier général, observant les visages de ses hommes tandis que résonnaient les mots : « Quand au cours des événements humains... »

Un mouvement dans l'assistance annonça l'arrivée du Président élu. George savait qu'Adams avait commandé une nouvelle voiture à quatre chevaux pour ce jour précis. Il avait interdit à Patsy de faire le moindre commentaire, se bornant à lui rappeler qu'eux-mêmes avaient eu une nouvelle voiture à New York, au début de son premier mandat.

Patsy avait rétorqué qu'il y avait quelque chose chez Adams qui suggérait que sa place aurait dû être à l'avant avec le cocher. George n'avait pas voulu répondre, même s'il était secrètement de son avis. John était un patriote énergique doué d'un esprit brillant, mais il avait un comportement, à la fois obséquieux et agressif, qui pouvait être particulièrement irritant.

Adams portait un superbe costume de drap gris perle. Son épée resplendissait à sa ceinture. Pourtant son expression était aussi fermée qu'à l'accoutumée. Il est regrettable que Mme Adams n'ait pu être présente, pensa George. Elle seule semble avoir le pouvoir de mettre John à l'aise.

Huit ans plus tôt, Adams avait montré une certaine gêne en accueillant George, au moment où ce dernier allait prêter serment. Et aujourd'hui encore, il avait l'air embarrassé. Son salut ressembla à une courbette. Il paraissait pressé de commencer son discours d'investiture. George se renfonça dans son fauteuil. Adams était nerveux, c'était compréhensible. Il se souvint de sa propre investiture. Il se souvint du coussin de velours cramoisi sur lequel reposait la grande bible reliée de cuir... des acclamations de la foule... de ses premiers mots. « Aucun événement n'aurait pu m'emplir de plus d'anxiété que celui dont la notification m'a été transmise par votre ordre... » Il avait voulu leur faire savoir qu'il prenait sa fonction tout en craignant de les décevoir. Les avait-il déçus ? Il espérait que non.

Des années auparavant il avait juré qu'il ferait de son mieux.

Des années.

Supposons que les circonstances lui aient réellement permis de prendre la mer. Sa vie aurait sans doute été toute différente. Presque cinquante ans plus tôt, il avait souhaité ardemment embrasser une carrière de marin, mais sa mère lui avait refusé son autorisation. Il poussa un profond soupir. Même aujourd'hui, comme par réflexe, la colère qui s'était alors emparée de lui le gagnait à nouveau – la fureur, la frustration, l'impression d'être dans une impasse. Il se pencha en avant, mais il n'entendait pas le discours de John Adams. La voix, nasale et monotone, lui parut soudain plus saccadée, tranchante... c'était celle de sa mère.

Août 1748
Ferry Farm

C'est à Lawrence, durant une visite à Mount Vernon, qu'il avait confié pour la première fois son désir de devenir marin. Lawrence avait approuvé cette idée, jugeant qu'une carrière dans la marine était une « expérience utile ».

Pour George, l'assentiment de son demi-frère, pour lequel il éprouvait une grande admiration, avait été le facteur déterminant de sa décision. Lawrence était tout ce que George espérait devenir un jour – un hôte parfait, cultivé, excellent cavalier, d'esprit aventureux, membre de la Maison des Bourgeois[1]. Il avait fait une carrière militaire, brève mais remarquée, comme capitaine sur le bateau amiral de lord Vernon durant le siège de Carthagène en 1742. Avec son aide, George pourrait être à même de persuader sa mère.

Lawrence avait accepté d'écrire un billet que George avait apporté à Ferry Farm. Le ton

1. Première assemblée élue de Virginie. (*N.d.T.*)

persuasif avait apparemment produit le résultat escompté. À regret, sa mère avait donné son consentement longtemps attendu. Elle avait même fait monter le vieux coffre marin de son époux dans sa chambre et supervisé le choix des effets de son fils. Elle ne lui avait pas dit que dans sa récente lettre à son frère, Joseph Ball, en Angleterre, elle lui demandait son avis sur le sujet.

La réponse de Joseph Ball fut conforme à sa nature irascible. Il suggéra à sa sœur qu'elle pouvait aussi bien mettre son fils comme apprenti chez un rétameur.

Ces propos eurent pour effet de transformer les réticences de Mary Washington en un refus définitif. Elle entra dans la chambre de George, lui ordonna de tout déballer et annonça que toute discussion serait désormais inutile, le sujet était clos.

George regarda sa mère d'un air catastrophé. Il n'en croyait pas ses oreilles. Puis, conscient qu'il n'y avait pas la moindre chance de la faire revenir sur sa décision, il sortit en trombe de la maison, claquant bruyamment la porte derrière lui.

En un éclair, il sella sa jument. Cinglant les flancs de l'animal, il le lança au galop à travers la prairie. Plus fort… plus vite… Le vent lui fouettait le visage. Comment osait-elle ? Les sabots frappaient le sol, rythmant furieusement ses pensées. Elle l'avait tenu en haleine, promettant à demi, refusant..., promettant à nouveau. Puis, au dernier moment, alors qu'il était prêt à partir, elle avait changé d'avis sur le conseil d'un oncle qu'elle n'avait pas vu depuis des années.

L'injustice ! La mauvaise foi ! Plus vite... Plus vite... Plus vite... La jument arriva devant un muret de pierre et, sans hésiter, le franchit. Distrait pendant un instant, George se pencha en avant et flatta l'encolure de sa monture. « Brave fille », murmura-t-il, puis, voyant qu'elle était inondée de sueur, il tira sur les rênes et mit pied à terre.

Il était parvenu sur les hauteurs et pouvait voir la ferme à ses pieds. La paix qui enveloppait le paysage dissipa lentement sa fureur et un sentiment de mélancolie la remplaça. Il comprit qu'il ne se trouvait pas là par hasard. Inconsciemment, c'était vers cet endroit précis qu'il s'était dirigé.

L'année qui avait précédé la mort de son père, ils y étaient venus ensemble. C'était six ans auparavant, il avait dix ans alors, et gardait encore la brûlure de la cravache de sa mère sur ses mollets. Son père était resté muet jusqu'à ce qu'ils descendent de cheval, puis lui avait dit : « Votre mère a raison, vous devez maîtriser vos accès de colère. Elle semble croire que le moyen d'y arriver est de vous faire peur. Je pense que vous devez vous contrôler pour une raison différente – parce que vous avancez en âge et qu'il est peu digne d'un homme de s'emporter. »

Son père s'était alors approché de lui et avait posé ses deux mains sur ses épaules. « Vous éprouvez des sentiments d'une grande intensité, mon fils. Utilisez-les à bon escient, avait-il dit. Vous êtes emporté de nature. Servez-vous de votre passion pour accomplir des actions viriles. »

D'une certaine façon, ses mots l'avaient davantage marqué que le cuir de la cravache. Son mouvement de rage avait déclenché une réaction encore plus violente de la part de sa mère. Dans ces conditions, se disait-il, pourquoi devait-il être puni ? Mais les paroles de son père, telles qu'il les avait prononcées, avec compréhension et tristesse, l'amenèrent à se repentir : « Je m'y efforcerai... je m'y efforcerai sincèrement. »

À partir de ce jour-là, il avait soigneusement réfréné ses ardeurs. Et maintenant, comment pouvait-il se servir de cette propension pour accomplir une action virile ? Il voulait connaître le monde. Il voulait accomplir de grandes choses. Il ne voulait pas continuer à vivre ici, ni enfant ni homme, entravé, contraint, subordonné aux caprices de sa mère.

Avec désespoir, il parcourut du regard la campagne. Cette propriété deviendrait la sienne quand il aurait vingt et un ans. Il avait déjà sorti du vieux hangar les instruments de géomètre rouillés de son père et commencé à s'entraîner. Il avait relevé les limites de ses terres et aidé ses cousins à faire de même.

Au-delà du petit groupe de fermes s'étendaient des millions d'acres inexplorés – espaces vierges au sol riche et aux forêts abondantes. Les géomètres commençaient à les parcourir, choisissant pour eux-mêmes les meilleures terres. Une génération plus tard, ils seraient à la tête de fortunes considérables.

La même pensée lui revenait : Et si c'était la réponse ? Ce pays magnifique ne pouvait-il offrir davantage d'occasions d'aventures et de promotion qu'une vie de marin ? Géomètre était une profession honorable et avantageuse pour un propriétaire terrien. George se remit lentement en selle et prit le chemin du retour dans le soir tombant.

La famille prenait ses repas dans le grand vestibule qui faisait office de salle à manger. Sa mère leva les yeux depuis l'extrémité de la table quand il ouvrit la porte et se leva brusquement. « Suivez-moi. » D'un geste sec de la main, elle désigna le petit salon sur la gauche.

Il la suivit docilement. Puisqu'elle ne s'asseyait pas, il ignora lui aussi les inconfortables fauteuils de cuir et resta debout. Vue de sa haute taille, elle lui parut petite et, pour la première fois, son regard d'acier et ses lèvres serrées ne l'intimidèrent pas. « Madame, dit-il, je vous demande humblement pardon. »

Elle ne marqua aucun signe de clémence. « Il est bien que vous vous rendiez compte que vous avez à vous faire pardonner. Vous n'êtes ni si âgé, ni si grand, que je ne puisse vous faire chanter sur un autre ton. » Sa main gauche reposait avec éloquence sur la cravache à sa ceinture. « Et croyez-vous que je puisse tolérer qu'un de mes enfants, quel que soit son âge, s'emporte en ma présence, fasse claquer les portes et dévale à grand bruit l'escalier ? »

La riposte, cinglante, inflexible, ne parvint pas à l'irriter. Soudain, il plaignit cette femme intraitable et comprit combien l'existence devait être difficile pour elle. Depuis la mort de son père, une gestion malheureuse avait réduit considérablement la valeur des vastes terres qui formaient l'héritage familial. Sa mère était incapable de s'attirer la dévotion et la loyauté de ses régisseurs et de ses esclaves. S'attardant avec obstination aux plus petits détails, elle avait totalement négligé la manière désastreuse dont ses affaires étaient conduites. Il était temps, se dit-il, que son fils aîné tente de l'aider plutôt que de constamment la juger.

« Mère, dit-il doucement, je ne ferai plus jamais mention de mon désir de prendre la mer. Je vais plutôt me consacrer à l'activité de géomètre et chercher à obtenir une licence dans cette spécialité. Plus j'en saurai sur la configuration des terrains, mieux je serai placé pour gérer un jour notre domaine et l'étendre. »

S'il avait espéré un mot d'approbation, il fut déçu. « Il est grand temps que vous envisagiez une occupation sérieuse », lui dit sèchement sa mère. « À condition, naturellement, que ce ne soit pas là une autre de vos tocades. Maintenant venez dîner. »

Après l'avoir aidée à s'asseoir à la table, il prit sa place et répondit au regard anxieux de Betty par un clin d'œil. Non, ce n'est pas une tocade, se dit-il. C'est mon avenir. Il brûlait d'impatience d'aller à Mount Vernon. Lawrence aimerait être mis au courant...

Non seulement Lawrence approuva le projet, mais il prit aussitôt des dispositions concrètes pour l'encourager. Tendant la main dans la direction de Belvoir, il dit d'un ton pensif : « Le colonel Fairfax envoie des géomètres confirmés dans la vallée de Shenandoah, dans le cadre d'une expédition pour lord Fairfax. Si vous pouviez vous joindre à leur groupe, ce serait une excellente expérience. »

George sentit son visage s'empourprer à cette perspective. Expression d'une émotion qu'il réprima aussitôt. Lorsqu'il parla, il se félicita du ton ferme et contrôlé de sa voix. « Pensez-vous que ce soit possible ?

– Allons voir le colonel à Belvoir, proposa Lawrence. Vous lui plaisez beaucoup et, en outre, c'est mon beau-père. »

Le colonel Fairfax était dans son bureau. D'un signe de tête, il congédia son secrétaire. Son attitude laissait supposer qu'il s'attendait à cette visite. « Allons, allons, dit-il, je suis ravi de voir notre jeune ami de retour parmi nous. À propos, Lawrence, j'espère que vous êtes toujours un bon mari pour ma fille. Je ne l'ai pas vue depuis trois jours, vous savez. »

Lawrence partit d'un éclat de rire. « Anne est un ange, comme toujours, monsieur. Et elle a très bon moral. »

Le colonel prit un air préoccupé. « Espérons que le Tout-Puissant permettra au bébé qu'elle porte de vivre et prospérer. C'est un épouvantable malheur pour une jeune mère de perdre trois nourrissons. » Il changea brusquement de sujet : « Maintenant, jeune Washington, on me dit que votre carrière de marin a été brutalement interrompue. Quelle sera votre prochaine étape ? Et pour l'amour du ciel, asseyez-vous. Je ne suis pas Sa Majesté, vous savez. »

George rit et choisit une chaise qui lui laissait la place d'allonger ses jambes. Il espérait secrètement s'arrêter de grandir. Un mètre quatre-vingt-sept était une taille déjà encombrante. Comme à l'accoutumée, il sentit sa timidité fondre devant la gentillesse du colonel.

« J'ai décidé de devenir géomètre, monsieur, expliqua-t-il. Je me suis exercé cette année avec les instruments de mon père, et je pense être capable d'accomplir un travail précis. »

Le colonel Fairfax frappa sa main sur son bureau. « Excellent. En réalité, j'ai l'intention d'envoyer George William en expédition pour borner les terres que possède mon cousin dans la courbe sud du Potomac et dans la vallée de Shenandoah. Ils seront absents pendant un mois environ. Peut-être aimeriez-vous faire partie de leur groupe ?

– C'est pour cela que je suis ici, monsieur, dit simplement George.

– C'est donc entendu. Ce sera une bonne expérience pour vous et vous serez une bonne compagnie pour mon fils. Qu'en pensez-vous, Lawrence ? »

Lawrence hocha la tête. « Mon frère est impatient de devenir un homme. Je pense que ce genre de vie en pleine nature lui servira d'initiation. »

George réfléchissait à la perspective de devenir le compagnon de George William Fairfax. En secret, il admirait ce beau jeune homme aux manières raffinées qui était son aîné de sept ans. Un jour, lui aussi s'habillerait avec l'élégante simplicité de George William ; lui aussi saurait prononcer les mots justes au moment opportun ; lui aussi inspirerait respect et dévouement à ses subordonnés.

« Oui, ce sera profitable pour vous deux », pensa tout haut le colonel Fairfax. « Mon fils fait la cour à la fille de Wilson Carey, Sally, qui habite près de Hampton. Ce sera un excellent mariage, et ils vivront ici, à Belvoir. Mais il est bon que George William puisse avoir une idée précise des possessions familiales, car il héritera finalement de la plus grande partie. »

George pensa au domaine de Ferry Farm qui lui appartiendrait un jour. Une propriété de médiocre qualité, un petit héritage insignifiant comparé aux terres superbes qui bordaient le Potomac. C'est à moi d'assurer mon propre avenir, pensa-t-il. Il imagina la future épouse de George William. Sally Carey devait avoir beaucoup d'attraits pour avoir conquis le cœur exigeant du descendant de la famille Fairfax.

4 mars 1797
12 heures 15
Philadelphie

Les applaudissements emplirent à nouveau la salle. Cette fois, c'était un tribut aux idéaux et aux espérances que le Président élu venait d'offrir à son pays dans son discours d'investiture.

Puis le Chief Justice Oliver Ellsworth s'avança pour faire prêter serment au Président. Lentement Adams répéta après lui : « Moi, John Adams, jure solennellement de respecter la Constitution des États-Unis. »

Le silence se fit dans la salle. Elle était bondée au point qu'il eût été impossible d'y introduire une personne supplémentaire. Les paroles, prononcées avec raideur, résonnèrent dans l'assistance. « Moi, John Adams, jure solennellement… »

La contraction d'un muscle sur un visage, l'éclat d'un regard, le tremblement d'une narine – presque chaque physionomie trahissait une émotion profonde, tristesse autant que fierté.

Pour sa part, George offrait une expression sereine et tranquille tandis qu'il écoutait les mots qui lui ôtaient le manteau de la présidence pour en revêtir un autre. Il s'était souvent interrogé sur ce moment, se demandant quels seraient ses sentiments. Il avait craint d'éprouver une terrible impression d'irrémédiable, même s'il désirait ardemment cette délivrance.

Mais seule l'envahissait une impression de fierté – fierté au souvenir des événements qui avaient amené son pays jusqu'à cet instant, fierté devant la transition ordonnée du gouvernement, fierté devant la continuité de cette nation naissante.

Il pensa à la chaleur brûlante de ce lointain été, dix ans auparavant, quand, accompagné de cinquante-cinq autres délégués, il s'était retrouvé dans cette ville pour réécrire les articles de la Confédération et se pencher sur l'état de l'Union. D'une certaine façon, un miracle s'était alors produit.

Les représentants de treize États étaient venus défendre jalousement leurs prérogatives, se méfiant les uns des autres. Et, au bout du compte, volets clos pour se protéger des bruits de la rue et des mouches, ils étaient parvenus à ignorer l'inconfort et la touffeur de la salle, et s'étaient attelés à la tâche immense qui les attendait.

Ils avaient débattu, argumenté, adopté des positions intransigeantes, puis abouti à des compromis, en désespoir de cause, jusqu'à rédiger enfin ce document extraordinaire que John Adams jurait à présent de respecter.

Huit ans plus tôt, George avait été douloureusement conscient que beaucoup de ses actions seraient considérées comme des précédents par ses successeurs. D'une certaine manière, il avait tracé le chemin de la présidence comme il avait tracé la voie à travers les espaces sauvages de la Virginie. Il y avait si longtemps... si longtemps... presque cinq décennies.

John Adams jurait de défendre la Constitution des États-Unis, mais George entendait la voix cultivée de George William Fairfax alors qu'ils entamaient leur expédition d'un mois au cœur de la nature.

1748
Le Shenandoah

L'expédition était placée sous l'autorité de James Genn, un géomètre expérimenté. George fit quelques tentatives pour se lier avec lui, mais l'homme lui parut de caractère plutôt taciturne. Genn, de son côté, semblait en admiration devant George William Fairfax, et ne s'adressait jamais à lui sans agrémenter ses phrases d'un « Si vous le voulez bien, monsieur », « Comme il vous plaira, monsieur. » À la fin de la journée, Genn retournait rejoindre ses aides, alors qu'il aurait pu choisir de passer ses moments de repos avec George William et George.

En conséquence, George William et George n'eurent d'autre choix que de se tenir compagnie. George surmonta rapidement sa timidité devant le jeune héritier et cessa vite de l'appeler « Monsieur Fairfax ». Dès le troisième jour, ayant traversé Powell's Creek, ils en étaient venus à s'appeler naturellement par leur prénom. Une amitié qui devait durer toute une vie venait de naître.

En vérité, George savait qu'il n'avait aucune raison d'être intimidé en présence de George William. Ferry Farm n'avait peut-être pas la grandeur de Belvoir, mais il était lui-même le fils d'un gentleman et avait le goût d'un gentleman pour les logements confortables et une nourriture de qualité. Après avoir chevauché toute une journée, il déplorait l'inconfort de certains gîtes infestés de vermine avec le même dédain que son compagnon aux habitudes raffinées.

Certains soirs, George William lui parlait de sa fiancée. « Vous ne pouvez imaginer à quel point elle est exquise, avec ses cheveux noirs, ses yeux étincelants, la sveltesse d'un elfe. Et pleine de repartie avec ça – mon Dieu, je ne supporterais pas une femme dénuée d'esprit. Grâce à l'éducation que lui a donnée son père, Sally est probablement plus instruite que beaucoup d'hommes, y compris les diplômés de Harvard. Elle danse comme un ange et, dans ce domaine, je dois avouer qu'elle me dépasse de très loin. Ce maudit rhumatisme n'a pas sa place dans une salle de bal. »

Il parlait d'un ton léger de son rhumatisme comme il le faisait de la plupart des sujets, mais il souffrait d'une affection chronique. Par temps humide, il se levait en se frottant les genoux et se déplaçait avec difficulté. Au bout d'un moment la raideur s'estompait mais elle réapparaissait toujours.

George admirait l'insouciance avec laquelle son compagnon traitait ces inconvénients. Il admirait tout autant le soin que le jeune Fairfax apportait à sa tenue, même dans les vêtements ordinaires qu'il portait durant l'expédition. Il lui tardait de faire la connaissance de l'incomparable Sally.

À la fin du voyage, il retourna à Ferry Farm. Ces trente-deux jours l'avaient convaincu que le métier de géomètre lui plaisait et il se mit sérieusement au travail, fit une demande d'inscription au Willam and Mary College. Il était impatient, comme poussé par une force intérieure. Il aurait voulu tout expérimenter, tout connaître. Il faisait souvent seul de longues chevauchées, analysant les émotions qui l'habitaient. Quelle était la raison de son insatisfaction ? Tout... et rien.

C'était simple, il ne se sentait pas heureux à Ferry Farm. Sa mère était une maîtresse de maison incompétente et le désordre qui régnait autour d'elle, le service défectueux à table le mettaient en rage. Il détestait les vêtements ordinaires, mal cousus, qu'elle lui avait confectionnés. Il ne se sentait pas à l'aise en société, sans doute parce qu'il dansait mal et ne connaissait aucun des jeux à la mode. Il n'y avait ni distractions ni jeux à la maison.

Il s'appliqua résolument à changer les choses dans la mesure de ses moyens. Avec ses premiers gains, il commanda de nouvelles chemises et des gilets neufs. Il avait désormais deux modèles. Il voulait toujours ressembler à Lawrence, mais Lawrence était un être posé. Il importait désormais d'acquérir un peu de l'aisance de George William.

L'étape suivante consisterait à amener certains de ses jeunes cousins à lui apprendre le whist et le lenturlu, des jeux qui lui parurent profondément ennuyeux, mais qu'il pratiqua jusqu'à devenir un joueur accompli.

Des mois s'écoulèrent après l'expédition avant qu'il ne retourne à Mount Vernon. En suivant le chemin familier, il eut l'impression d'avoir franchi une barrière. Aujourd'hui, l'argent qu'il avait gagné tintait dans sa poche, aujourd'hui, il portait des vêtements de son choix. Il sourit intérieurement. Aujourd'hui, il ne se sentirait même plus embarrassé.

Comme d'habitude Mount Vernon semblait s'être mis sur son trente et un pour l'accueillir. Le jour était tombé quand il arriva et les lampes étaient allumées dans toutes les pièces du rez-de-chaussée. Une généreuse flambée pétillait dans la cheminée et Lawrence avait une carafe de vin toute prête.

Les deux frères se retrouvèrent avec joie et Lawrence complimenta George sur son apparence, avant de le conduire à la chambre à coucher où reposait Anne, qui venait de donner naissance à une petite fille.

George embrassa affectueusement sa belle-sœur. Elle avait toujours été très bonne envers lui et possédait cette grâce naturelle qui le fascinait tant chez les Fairfax. Elle lui montra avec fierté le nouveau-né, un ravissant bébé au teint de fleur. L'enfant lui parut fragile, même à ses yeux inexpérimentés.

On eût dit qu'Anne lisait dans ses pensées. « Elle est minuscule, mais je sais qu'elle est plus résistante que les autres. » Sa voix suppliait qu'on la rassure.

George tendit un doigt avec précaution et le bébé le saisit dans sa main. « Elle serre fort », fit-il remarquer, et c'était ce qu'il fallait dire. Un sourire heureux éclaira le visage d'Anne.

Le lendemain, sur la proposition de Lawrence, ils partirent à cheval pour Belvoir, afin que George fasse la connaissance de l'épouse de George William, Sally. Ils étaient mariés depuis quelques mois déjà.

George s'était habillé avec le plus grand soin, choisissant ce qu'il possédait de plus élégant en matière de gilet, col et chemise. Mais quand Lawrence et lui longèrent l'allée bordée d'arbres qui menait à l'entrée principale de la magnifique demeure de brique, il se sentit étrangement gêné et intimidé. Et s'il déplaisait à Sally ? Il réprima son envie de tirer sur les rênes et de regagner Mount Vernon. Néanmoins, il mit pied à terre, confia son cheval à un valet et, aux côtés de

Lawrence, gravit les marches qui menaient à la vaste galerie.

George William les avait probablement vus approcher car il vint ouvrir la porte en personne, arborant un sourire de bienvenue. « Vous avez une tout autre allure que sur les pistes », dit-il en riant à George.

George hocha la tête, soudain embarrassé dans ses nouveaux habits.

Et elle arriva. Elle descendait l'escalier en spirale d'un pas léger, une main délicatement posée sur la rampe. Elle portait une robe blanche avec un corsage vert, d'un vert qui semblait l'exacte réplique de la couleur de ses yeux. Ses cheveux bruns étaient massés sur le sommet de sa tête à l'exception de quelques mèches qui bouclaient sur sa nuque. Elle adressa un sourire radieux à George William, puis se tourna vers Lawrence : « Ainsi vous nous avez enfin amené votre frère. »

Elle tendit ses deux mains à George. « J'ai tellement entendu parler de vous. »

J'ai tellement entendu parler de vous. George était stupéfait. Mon Dieu, quelle beauté – ces yeux admirables, cette silhouette svelte. Il se sentit trop grand, trop large d'épaules. Il était ému, troublé, hésitant, et en même temps confiant. « Je me demande vraiment pourquoi, madame. »

Elle secoua la tête avec une fausse sévérité. « Ce n'est pas une réponse, dit-elle. Il importe d'être conscient de sa valeur. Mon mari m'a dit que vous montiez à cheval aussi bien qu'un Indien. Vous avez, paraît-il, un vrai talent de géomètre. Vous tenez votre journal avec la plume d'un écrivain. Vous êtes très bon comptable. Il dit même que vous jurez comme un matelot si votre logement vous paraît trop inconfortable. »

George devint écarlate. « Je vous assure, madame… »

Elle sourit. « Vous n'avez pas à vous confondre en excuses. C'est un compliment de ma part. En bref, George William m'a déjà dit que vous étiez quelqu'un d'exceptionnel, et je fais confiance à son jugement.

– Madame, dit George, si le choix de son épouse est le fait de son jugement, je lui confie mon avenir les yeux fermés. »

Lawrence et George William partirent d'un éclat de rire. « Vous voyez que mon frère devient rapidement un gentleman », dit Lawrence.

George William renchérit : « Il faudra que je garde un œil sur les sœurs de Sally quand elles viendront nous rendre visite. »

George ne prit pas la peine de reprendre son ami. Il se rendit compte qu'il tenait encore entre les siennes les mains de Sally. Elle les lui retira doucement, et il sut qu'à partir de cet instant il ne serait plus jamais le même. Que lui importait l'apparence de ses sœurs ! Peu lui importait de savoir à quoi ressemblait n'importe quelle jeune fille.

Sally était de deux ans son aînée. Elle était mariée à un ami proche. Elle était à jamais inaccessible.

Et il était tombé amoureux d'elle.

4 mars 1797
7 heures du matin
Bath, Angleterre

Il faisait gris et froid et la station thermale de Bath était morne et brumeuse dans le brouillard du petit matin. Sally Carey Fairfax se réveilla lentement, sachant qu'elle retrouverait bientôt le fardeau dont elle avait été miséricordieusement soulagée pendant son sommeil. Dans un instant elle serait seule à nouveau. George William était décédé depuis plusieurs mois ; pourtant, avant d'ouvrir complètement les yeux, elle pouvait encore imaginer qu'il était auprès d'elle.

Ou mieux, imaginer qu'ils étaient tous jeunes à nouveau, qu'ils démarraient tous dans la vie. Elle soupira et enfouit son visage dans l'oreiller pour sécher la larme qui roulait le long de sa joue. Son corps, si svelte dans sa jeunesse, était aujourd'hui trop maigre. Le visage au teint sans défaut qui avait fait l'envie de ses amies était sillonné de fines rides, et son épaisse chevelure noire était d'un blanc de neige sous le bonnet de nuit.

Avant de s'endormir, elle avait lu dans le journal qu'un nouveau président allait être nommé dans les anciennes Colonies – les États-Unis d'Amérique. Le journal avait annoncé que le premier Président, George Washington, devait quitter ses fonctions à midi.

Sally ouvrit les yeux assez longtemps pour jeter un coup d'œil à la pendule dont le tic-tac résonnait sur la cheminée. *En ce moment*. À cet instant même, un nouveau président prêtait serment.

Il s'apprêtait à regagner Mount Vernon maintenant. Elle sourit malgré elle à la pensée des prairies vallonnées de la campagne de Virginie. Elle se remémora les folles chevauchées en compagnie de George William entre Belvoir et Mount Vernon où ils allaient chercher le jeune George pour une partie de chasse. Elle se souvint des soirées qu'ils passaient ensemble auprès du feu, à faire des projets, à discuter de l'avenir de la Virginie et des Colonies.

Oh, ce furent des années bénies, pensa-t-elle, incroyablement heureuses, des années qui avaient débuté le jour où une jeune mariée de dix-huit ans était devenue la maîtresse de Belvoir et où George était venu vivre avec Lawrence et Anne à Mount Vernon.

Elle se rappelait encore sa timidité, ses gestes maladroits, puis la grâce inattendue qu'il avait montrée quand elle avait insisté pour lui apprendre à danser. Déjà affecté du rhumatisme qui ne lui laisserait aucun répit, son jeune mari avait en souriant refusé de se joindre à eux, mais les avait observés d'un air approbateur qui s'exerçaient dans la salle de bal.

Le jeune George avait déjà à cette époque quelque chose de particulier, d'unique, qui annonçait ce qu'il allait devenir. Heureusement que j'étais profondément attachée à mon mari, pensa Sally. Si je l'avais moins aimé...

Les larmes lui montèrent aux yeux. George William et elle avaient rêvé de revenir en Virginie, mais Belvoir avait été détruit durant la guerre.

Elle posa sa main sur l'oreiller déserté à côté d'elle. Mais ses pensées allaient moins vers son mari qu'elle avait perdu récemment que vers l'homme qui, en ce moment même, participait à une cérémonie à Philadelphie.

Se tenait-il toujours aussi droit que lorsqu'il chevauchait avec elle à travers la plantation ? Était-il toujours aussi galant ? Avait-il renoncé à la danse ?

Mon Dieu, comme elle avait aimé danser avec lui.

À quoi ressemblait-il à présent ?

1751-1753
Mount Vernon
et la Barbade

La tragédie qui avait assombri l'existence d'Anne et de Lawrence n'en finissait pas. Le bébé s'accrochait encore à la vie, malgré son extrême faiblesse. Il était clair aux yeux de tous, sauf peut-être à ceux de ses parents, que l'enfant ne vivrait pas beaucoup plus longtemps que ceux qui l'avaient précédé.

Et alors qu'ils se penchaient avec anxiété au-dessus de son berceau, une autre épreuve les frappa. La mauvaise toux qui tourmentait Lawrence depuis presque trois années avait empiré. Il perdait régulièrement du poids et les médecins craignaient qu'il ne survive pas dans le climat humide de l'hiver. On lui ordonna de partir immédiatement pour les Caraïbes.

Il était impensable qu'Anne puisse laisser son enfant, aussi George proposa-t-il d'accompagner son frère malade.

Il se rendit à Belvoir pour faire ses adieux à Sally ct à Gcorgc William. L'affectueuse inquiétude qu'il vit sur leurs visages le réconforta et l'attrista. « C'est un voyage sans espoir », dit-il avec franchise.

George William servit le vin avec précaution. « Je le crains.

– Prenez soin d'Anne et du bébé, occupez-vous de Mount Vernon. J'ignore combien de temps je resterai absent. »

Il reposa son verre et alla jusqu'à la fenêtre, confus de l'émotion que l'on pouvait lire sur son visage.

La main légère de Sally se posa sur son bras. « C'est très dur pour vous.

– Oui... Lawrence a été... depuis la mort de mon père...

– Quoi qu'il arrive, vous aurez toujours votre place dans cette maison. »

L'aurait-il, se demanda-t-il, l'aurait-il vraiment ? Quelle part de la bonté des Fairfax était réservée à sa personne ? Quelle part était due au fait qu'il était le frère de Lawrence et que l'épouse de Lawrence était une Fairfax ? Perdrait-il ceux qui lui étaient le plus chers ?

Empli d'une indicible tristesse, il se détourna et s'apprêta à partir.

George William l'arrêta. « Vous restez à dîner. Inutile de discuter. »

Le personnel de Sally était bien stylé. Le dîner fut servi, chaud, copieux, le mouton parfaitement accommodé, les vins délicats et légers. George William mit avec aisance la conversation sur les récoltes, l'assemblée, le gouverneur, les ennuis qui s'annonçaient avec les Français à propos des forts le long de l'Ohio.

Enfin, au moment du café, profitant de l'humeur plus détendue de son hôte, il parla sans détour :

« Mon cher ami, nous devons tous comprendre que les jours de Lawrence sont comptés. Si ce que nous craignons devait arriver, je crois préférable qu'Anne vienne vivre ici avec son bébé. Mount Vernon aura besoin d'être mené d'une main ferme. Et c'est à vous qu'incombera cette tâche. »

Mount Vernon... D'une certaine manière il ne l'avait jamais considéré autrement que comme le domaine de Lawrence. « Je veux que Lawrence vive et reste le maître de Mount Vernon, dit-il avec obstination.

– George, ne vous cachez pas la vérité. Cela ne vous ressemble pas. Il peut paraître déplacé d'évoquer ce sujet maintenant, mais je pense qu'il vous faudra du courage dans les jours qui viennent. C'est vous qui verrez Lawrence décliner. Pendant les moments sombres qui s'annoncent, tâchez de penser à l'avenir. Essayez d'imaginer qu'un jour vous serez de retour avec nous, à votre place près de nous – et votre place est à Mount Vernon. »

Pour la première fois depuis qu'il avait compris que Lawrence allait mourir, George éprouva un sentiment de répit. Tirerait-il toujours sa force de ces terres et de cette maison, si petite comparée à celle dans laquelle il se trouvait en ce moment ?

Mais une heure plus tard, après la ferme poignée de main de George William et le baiser fraternel de Sally, il sut qu'il aurait assez de force pour affronter l'avenir qui l'attendait.

Et il eut besoin de cette force. La traversée fut longue et horriblement fatigante pour Lawrence. George en profita pour rester sur le pont et regarder l'équipage manœuvrer – observer la variété de leurs tâches, songer à ce qu'aurait été sa vie s'il avait été autorisé à prendre la mer. Il admit qu'il ne regrettait plus d'en avoir été empêché.

La Barbade, avec son climat chaud, était joyeuse et colorée. Lawrence sembla revivre un peu, et accepta même une invitation à dîner d'un vieil ami, le major Clarke, qu'il avait connu à Carthagène.

Le dîner devait avoir des conséquences durables sur la vie de George. Lorsque Lawrence et lui se présentèrent, le major les pria d'excuser sa famille qui ne pourrait pas se joindre à eux car sa fille avait contracté la variole. La nouvelle inquiéta George, Lawrence ne parut pas s'en soucier, et la soirée se déroula agréablement.

La semaine suivante, George se sentit mal en point mais constata avec satisfaction que, pour le moment en tout cas, Lawrence semblait en forme et toussait moins. Puis, exactement quatorze jours après le dîner chez le major Clarke, George se réveilla avec une fièvre de cheval et un affreux mal de gorge. Avant même l'arrivée du docteur, il savait qu'il avait attrapé la variole.

Il resta plusieurs jours dans un état critique. Puis, lorsque la fièvre tomba lentement, il se rendit compte qu'il serait marqué de profondes cicatrices pour le restant de ses jours.

Il fit mine de prendre la chose à la légère, mais Lawrence ne manqua pas de remarquer qu'il était déprimé. « Pourtant vous devriez bénir le jour où vous avez attrapé cette maudite maladie, dit-il. Si vous vous enrôlez un jour dans la milice et servez dans les troupes de Sa Majesté, on vous enviera. La variole est une malédiction pour une armée et ceux qui sont immunisés ne se formalisent pas de quelques grains de beauté.

– Drôles de grains de beauté », répliqua George d'un ton amer, et il se félicita de ne pas être chez lui.

L'absence de Sally était une souffrance intime, mais son orgueil aurait souffert s'il avait dû se présenter devant elle avec des pustules encore à vif.

Il les oublia vite car les premiers signes d'amélioration de l'état de Lawrence s'estompèrent rapidement. Il se remit à tousser. Les quelques kilos qu'il avait repris fondirent.

Une nuit, George se réveilla pour trouver son frère penché au-dessus de lui, agrippé à la tête de lit. Il se leva d'un bond, allongea Lawrence sur le lit, l'adossa à un oreiller et lui apporta un verre d'eau. « Vous vous sentirez mieux demain. »

Lawrence secoua doucement la tête. « C'est inutile, George. J'avais espéré, vraiment espéré... Certains arrivent à s'en sortir, pas moi. George, je veux revoir Anne. Je ne veux pas mourir sans la revoir. Voulez-vous aller à la maison et me l'amener ? Sally s'occupera du bébé – je sais qu'elle le fera –, George, rentrez à la maison et allez chercher Anne. »

Il s'était attendu à ne pas revoir la Virginie pendant au moins un an, mais quatre mois après son départ, le voilà qui retournait chez lui. Les mots d'adieu de Lawrence ranimèrent inconsciemment une blessure jamais cicatrisée. « C'est un long voyage et vous n'êtes pas en bonne forme vous-même, mais vous tomberez amoureux un jour et vous comprendrez combien désespérément j'ai besoin de la présence d'Anne. »

Quand il tomberait amoureux... Il resta, des heures durant, sur le pont du navire pendant le voyage du retour, scrutant l'horizon sans le voir.

Anne était à Belvoir et il se rendit aussitôt auprès d'elle. Avec autant de précautions que possible il lui dit que Lawrence souhaitait qu'elle le rejoigne. Anne apprit bravement la nouvelle. « Mon mari ne se remet donc pas. » Ces mots étaient plus une constatation qu'une question. Elle n'attendit pas de réponse : « George, je vous en prie, emmenez-moi auprès de lui sans attendre. Sally, vous vous occuperez du bébé. »

George avait à peine eu le temps de jeter un regard sur Sally avant qu'Anne l'accueille, l'assaillant de questions inquiètes.

Il lui faisait face maintenant et son expression pleine de sollicitude lui mit du baume au cœur. Elle s'approcha vivement de lui, passa son doigt sur son visage. « Vous avez traversé de dures épreuves. » Puis elle se tourna vers Anne. « Je prendrai soin du bébé naturellement. Il est grand temps que je m'exerce. »

C'était la première fois que George l'entendait mentionner le fait qu'après un an de mariage elle n'attendait pas encore d'enfant. Puis la tristesse qui se peignait sur le visage d'Anne détourna ses pensées.

« Êtes-vous assez fort pour m'accompagner, George ? demanda-t-elle. Nous ne vous avons pas fait une faveur en vous priant d'entreprendre ce voyage.

– Je suis tout à fait rétabli. Vous pouvez compter sur moi, comme toujours. »

George William avait déjà commencé les préparatifs du départ quand ils eurent des nouvelles de Lawrence. « Je ne puis attendre davantage votre arrivée. Il ne sert à rien que je reste ici. Je rentre à la maison. Si je dois mourir, que ce soit avec ceux que j'aime. Je veux être chez moi, et revoir le visage de ma petite fille. »

Les retrouvailles furent tristes. L'ombre de la mort planait sur le visage émacié et gris de Lawrence, sur son corps amaigri. Sa superbe silhouette semblait se courber sous l'effet des continuelles quintes de toux. Il ne lui restait guère plus d'un mois à vivre. Assis sur la pelouse qui dominait la rivière, il profitait du délicieux printemps de Virginie et de la chaleur du soleil aux côtés d'Anne et du bébé.

Il parlait de l'avenir avec George. « Vous avez la tête sur les épaules. Vous réussirez. N'ayez jamais peur. J'aurais voulu être là pour assister à vos succès. Je pense que Sally a raison et que le monde entendra parler de vous. Maintenant, laissez-moi vous confier quelques idées concernant ce que vous pourriez entreprendre. »

Durant ces jours, la peur de la mort déserta George. Il regardait Lawrence accepter avec sérénité le destin que Dieu avait dicté, réfléchir à l'avenir de sa famille, envisager les choses avec sagesse.

« Il vous faudra présenter votre candidature à la Maison des Bourgeois, lui conseilla-t-il. Les hommes doivent eux-mêmes formuler les lois selon lesquelles ils sont régis. Un jour Mount Vernon vous appartiendra. J'espère qu'Anne se remariera. Je le souhaite. »

La fin arriva en juillet. George et Anne étaient aux côtés de Lawrence et durent admettre que sa mort était une délivrance. Voir la paix revenir sur son visage contracté et torturé fut un vrai soulagement. Plusieurs mois après l'enterrement, Anne annonça à George qu'elle avait décidé de vivre à Belvoir avec le bébé. Lawrence leur avait laissé la maison, et avait fait de George son légataire universel. Il était clair que le bébé suivrait bientôt son père et que sa part de Mount Vernon reviendrait à George.

Et il était clair aussi qu'Anne parlait sérieusement quand elle demanda à George de venir s'installer à Mount Vernon. « Un jour vous en serez propriétaire, dit-elle calmement. Prenez-en possession dès maintenant.

– Mais serez-vous heureuse de le quitter ? demanda George.

– Heureuse ? » Un instant le calme patricien d'Anne l'abandonna. « Qu'est-ce que le bonheur ? J'ai connu tant de chagrins dans cette demeure et tant de joies aussi. Je ne pourrai jamais continuer à vivre ici. Si une autre vie m'attend, je ne la trouverai pas entre ces murs. »

C'est ainsi qu'il se retrouva seul à Mount Vernon avec les domestiques pour toute compagnie. Pendant des semaines, il erra à travers la maison, sans rien voir. Le jour, il consacrait toute son énergie à ses relevés, mais la nuit il était souvent trop las pour dormir et arpentait fiévreusement le rez-de-chaussée jusqu'à l'aube.

L'hiver passa et le printemps fut de retour. Le cœur plus léger, il se mit à regarder sa maison avec un œil de propriétaire. La comparaison avec Belvoir lui était désagréable. Il y avait tant à faire, tant de choses. Il commença par établir une liste du mobilier qu'il allait commander et des travaux de maçonnerie et de menuiserie à entreprendre. Il ignorait alors qu'il s'attelait à une tâche qui serait une des plus grandes sources de satisfaction de son existence, une tâche qu'il accomplirait toujours avec le même amour.

Sur le plan social, il commença à sortir davantage. Au printemps, bals et chasses au renard égayaient la saison. George pouvait monter avec les meilleurs cavaliers, mais montrait peu de goût pour la mise à mort.

Dans les bals… disons qu'il avait eu un bon professeur. Sally essayait toujours de nouveaux pas avec lui. Le rhumatisme de George William empirait et il abandonnait volontiers l'occasion de danser avec sa femme. « Pour l'amour du ciel, laissez donc un vieil homme s'asseoir dans un coin et parler des lubies de notre gouverneur, disait-il en riant. George, soyez un ami et montrez-nous cette nouvelle danse avec Sally. »

Pendant les premiers temps, il resta raide et gauche. Sa mère n'avait pas cru bon d'offrir des maîtres de danse à ses rejetons. Mais la grâce et le rythme naturels qui lui donnaient tant d'aisance à cheval vinrent à sa rescousse et il s'aperçut que la danse était un exercice facile pour lui. À la fin, c'était Sally, rouge et hors d'haleine, qui s'écriait : « Mon Dieu, jeune Washington, l'élève a dépassé le maître. Prenez Mary comme cavalière et laissez-moi m'asseoir près de mon mari. »

Mary Carey, la sœur de Sally, était tout son portrait. Pendant un temps, George se demanda s'il lui serait possible de trouver le bonheur auprès de quelqu'un qui n'était pas Sally mais offrait une telle ressemblance avec elle. Il essaya, passa ses soirées à Belvoir assis auprès d'elle, chevaucha à ses côtés durant les chasses.

Et un soir, lors d'un bal donné à Belvoir, alors qu'ils dansaient ensemble, il suggéra timidement que Mount Vernon avait besoin d'une nouvelle maîtresse de maison.

Le visage de Mary se figea. La musique s'arrêta et elle dit : « Et j'ai besoin d'un homme qui m'aime vraiment. » Elle tourna les talons et s'éloigna.

George resta planté sur place, perplexe, avant de sentir une main se poser sur son bras. « Que se passe-t-il ? » demanda Sally.

L'instant de déception passa aussitôt. « Je pense, madame, que je viens d'être éconduit. »

Sally sourit. « Je pense, jeune Washington, que si vous voulez faire la cour à ma sœur, vous devez vous montrer plus amoureux, et moins comme quelqu'un désireux d'augmenter ses possessions. J'aurais pensé que vous apprendre à danser était suffisant. Faut-il aussi que je vous apprenne à aimer ? »

La réflexion avait été lancée sur un ton badin. Mais Sally devint écarlate. La musique reprit et George s'inclina. « Me ferez-vous l'honneur ? »

Avec grâce, elle accepta son bras et ils prirent place sur la piste. La rougeur révélatrice lui donna de l'audace : « Pensez-vous vraiment que vous ayez besoin de m'apprendre à aimer, ne croyez-vous pas que vous me l'avez trop bien appris ? Sally, oh Sally…

– Je ne suis pas sûre de vous reconnaître en ce moment. » Sa voix était toujours entrecoupée et hésitante. « Vous semblez soudain si différent et je ne suis pas certaine d'apprécier ce changement. »

Il l'entraîna hors de la piste, la prit par le bras et s'engagea avec elle vers la porte. Mais George William se dressa subitement devant eux. Son sourire aimable l'avait quitté.

Le regard qu'il lança à Sally était sévère et interrogateur.

Sans se départir de son naturel, elle lui sourit. « Je viens d'apprendre que notre voisin et ami ne sera pas notre beau-frère. »

Le soulagement se peignit sur le visage de George William, suivi d'une expression de sympathie. « C'est donc cela. Je suis désolé. Mary est une jeune fille pleine de qualités – comme sa sœur. » Il regarda sa femme. « Non, pas tout à fait comme elle. Il n'existe personne comme Sally. »

George la regarda à son tour. Son moment de hardiesse était passé et il était horrifié de cet accès de quasi-folie. Si George William ne s'était pas trouvé là, il serait en ce moment dans le jardin avec Sally et elle serait dans ses bras. Il eût suffi d'un instant pour qu'il viole toute l'amitié et la confiance que les Fairfax lui avaient montrées.

Les musiciens jouaient à nouveau et George William prit le bras de Sally. « Je crois que je parviendrai à danser avec vous, ma chère. »

George s'écarta, les laissant passer devant lui, puis sortit et ordonna qu'on lui amène son cheval. Tandis qu'il attendait, il répéta tristement les mots de George William : « Il n'existe personne comme Sally. »

4 mars 1797
12 heures 35
Philadelphie

« Et maintiendrai, protégerai et défendrai, dans la mesure de mes capacités, la Constitution des États-Unis. »

... Il semblait que même la voix neutre de John Adams prenait une certaine majesté en prononçant ce serment solennel. Il y eut des applaudissements, contenus mais fervents, et l'assistance prit une attitude presque religieuse.

Adams regagna son siège. Puis il se releva et le second président des États-Unis parcourut la salle à grands pas.

George le regarda s'en aller. Il aurait aimé le féliciter mais le départ avait été si rapide. Il sentit un pincement d'irritation. Il eût été plus convenable de la part de l'homme d'attendre, de recevoir les congratulations d'usage.

Mais il s'agit de John d'Adams, pas de toi.

George poussa un soupir. Il ferait la seule chose possible... aller à pied à l'hôtel Francis où Adams logeait et lui présenter ses félicitations.

Adams et sa voiture dorée seraient là dans quelques minutes.

George préféra marcher. Une sensation de liberté l'envahit. Il était un simple citoyen dorénavant. Il n'y avait personne pour l'escorter, personne pour s'intéresser à ses mouvements. Simple citoyen, il allait féliciter le nouveau président puis retourner auprès de Patsy.

Ce soir aurait lieu une réception en son honneur dans l'amphithéâtre, mais demain, à la première heure, ils commenceraient à faire les bagages et préparer la maison pour la famille Adams.

Il s'agita. Pourquoi diable Jefferson ne prenait-il pas congé ? Bon sang, l'homme lui faisait signe de s'avancer. Absolument déplacé. Le Vice-président suivait le chef de l'Exécutif. Aucun citoyen ne le précédait.

Il secoua la tête. Jefferson persista à lui signaler son désir de le voir prendre la tête du cortège.

George secoua la tête à nouveau. Thomas devait le précéder. C'était une question de respect pour le gouvernement, il ne s'agissait pas d'amitié.

La haute silhouette vêtue de bleu se dirigea à regret vers la porte à l'extrémité de la salle. George attendit de voir Jefferson arriver à mi-chemin pour se lever.

Il se trouva dans l'impossibilité de sortir. La foule se pressait autour de lui. Il y eut des piétinements, des exclamations, mais il lui sembla qu'un curieux silence planait malgré tout sur son passage. Comme si les gens prenaient sa mesure, le jugeaient.

Quand il était en fonction, il s'était efforcé d'agir pour le mieux et de ne pas céder aux réactions du public – louanges ou blâmes.

Il atteignit la porte et se dirigea d'un pas rapide vers le côté nord de Chestnut Street. Il était vaguement conscient de la présence de Timothy Pickering à côté de lui. Mais il ne lui adressa pas la parole. Il voulait réfléchir.

Comment avait-il rempli sa tâche ?

Il eut brusquement l'impression de se retrouver à son retour de la campagne de Braddock, torturé par le doute – à ses débuts d'officier dans la milice.

Il épousseta un grain de poussière sur sa veste de velours noir.

Le velours noir n'avait rien de commun avec son premier uniforme… La vareuse bleue, avec son col et ses poignets écarlates, les parements d'argent. Le gilet écarlate et le galon d'argent… le chapeau rehaussé d'un galon d'argent et la culotte bleue.

Oh, il avait fière allure en soldat, du moins le croyait-il – et tout cela avant d'avoir fait l'expérience de la condition militaire.

Il jeta un coup d'œil derrière lui. Un groupe s'était mis à le suivre. Pourquoi donc ?

C'était le terme de son mandat, pas le commencement.

Il avait quitté sa fonction à présent. Pour de bon.

Il se souvenait de l'excitation de sa première nomination.

Après la mort de Lawrence. Et après autre chose.

Aussi.

Après avoir compris que, quoi qu'il arrive, il devait faire sa vie sans y inclure son rêve, sans y inclure Sally. Sa nomination était intervenue à ce moment-là. Le gouverneur avait annoncé qu'il prendrait la place de Lawrence comme adjudant de district de la Colonie de Virginie de Sa Majesté et il avait été nommé commandant dans le Corps colonial.

Commandant... avant même d'avoir eu la moindre expérience militaire.

Il imaginait son élégante silhouette dans l'uniforme de son régiment, vanité peut-être excusable à vingt et un ans.

Et il avait travaillé dur. Il avait pris des leçons d'escrime et s'était entraîné pendant des heures. Il s'était préparé au service actif.

L'hôtel Francis était juste à l'extrémité du bloc. Il était presque arrivé.

John Adams entamait un mandat de quatre ans.

Combien de temps avait-il servi dans ce régiment la première fois ? De 1753 à 1755. Puis il avait démissionné à cause des éternelles querelles concernant la chaîne de commandement. Un brevet d'officier colonial n'avait aucun poids à l'époque en face d'un membre de l'armée régulière britannique. Il avait quitté l'armée et était retourné à Mount Vernon qui lui appartenait entièrement désormais. Le bébé était mort et Anne s'était remariée. Il avait racheté sa part d'héritage de la propriété. La maison avait été laissée à l'abandon, et il avait entrepris d'acquérir des outils, des matériaux et du mobilier.

Cette fois, il allait rentrer chez lui avec Patsy.

Il atteignit la taverne et entra. Mais il resta hésitant devant l'escalier. Une telle foule l'avait suivi. Il eût été grossier de l'ignorer. Peut-être devait-il s'adresser à ces gens…

Sans savoir précisément ce qu'il allait dire, il avança lentement la main vers la poignée et ouvrit la porte.

La foule massée au-dehors gardait toujours le silence, mais la sympathie et la dévotion se lisaient sur tous les visages. Il les regarda longuement. Ceux-là, au moins, ne célébraient pas la fin de son gouvernement.

Les larmes l'aveuglèrent. Il se détourna rapidement et entra dans l'hôtel. Sans hésiter, il gravit les marches.

Il était temps de présenter ses devoirs à son supérieur, le président des États-Unis.

Tout comme, voilà longtemps, il avait présenté ses respects à Braddock.

1755
Mount Vernon
et Monongahela

Il passait encore beaucoup de temps à Belvoir, mais presque deux ans de service l'avaient mûri. À vingt-trois ans, il n'était plus le jeune homme hardi qui, en l'espace de quelques minutes, avait proposé le mariage à une jeune fille et déclaré son amour à sa sœur.

À présent, il pouvait passer des heures à discuter avec George William de la menace grandissante constituée par les Français le long de l'Ohio, de l'arrivée du général Braddock à la tête des Anglais et des forces coloniales, de la misère des colons dans la région de l'Ohio.

Il avait écrit impulsivement au général Braddock pour lui souhaiter la bienvenue dans les colonies et le féliciter de sa nomination. Il s'en ouvrit en hésitant à George William.

Son ami haussa les sourcils. « Ainsi vous écrivez des lettres de bienvenue aux militaires de la royauté qui nous rendent visite. »

George rougit. « Je voulais simplement... »

George William l'interrompit : « Vous vouliez simplement que le général dise au gouverneur Dinwiddie : "Mais qui est ce Washington ?" À quoi le gouverneur aurait répondu : "Un remarquable jeune officier suffisamment insolent pour démissionner parce qu'il n'a pas bénéficié d'une ligne de commandement claire." À ce point le général, qui a désespérément besoin de bons officiers, serait intrigué et poserait davantage de questions – n'est-ce pas ce que vous espérez ?

– Pas du tout. »

Mais son ton manquait de conviction et il le savait.

Sally était penchée sur sa couture, les sourcils légèrement froncés. George avait souvent pensé qu'elle était la seule femme de sa connaissance qui semblait plus à l'aise avec un livre qu'avec un ouvrage de broderie.

« J'ai l'intuition... », commença-t-elle.

Les deux hommes la regardèrent en souriant.

« La dernière fois que vous avez eu une intuition, j'ai été obligé de commander une nouvelle calèche parce que vous aviez l'impression que celle que nous avions alors allait se disloquer. Dites-nous tout, ma chérie, mais souvenez-vous que l'année a été mauvaise pour le tabac. »

Sally prit un air digne. « Cela n'a aucun rapport avec des achats. J'allais dire que, pour moi, notre voisin, ici présent, est fait pour la vie militaire et qu'on entendra parler de lui dans ce domaine. Ne me demandez pas pourquoi… C'est simplement…

– Une intuition, conclut George à sa place. George William, votre charmante épouse est une rêveuse. »

George William tapota sa pipe contre la cheminée. Quand il répondit, son ton était songeur : « Vous savez, je suis sûr qu'elle a raison sur ce point, de même que j'étais convaincu qu'elle aurait sa calèche neuve quand elle a commencé à dénigrer la vieille. »

Ils partirent d'un même rire et on passa à un autre sujet, mais le lendemain, à son retour après une inspection en compagnie de son intendant, une lettre l'attendait chez lui. C'était une invitation du général Braddock à participer à la campagne contre les Français et l'assurance que les règles de commandement seraient clairement établies.

Pendant des minutes entières, il parcourut de long en large les pièces du rez-de-chaussée. Voulait-il ou non donner suite à cette invitation ? Il avait tellement à faire chez lui. La plantation avait souffert de son absence durant la dernière campagne militaire. Il avait accepté de racheter la part d'Anne et devait trouver de l'argent. La maison avait besoin de réparations. Ces expéditions militaires pouvaient durer des années. Rien ne l'obligeait à y prendre part. Pourquoi même envisageait-il de le faire ?

Il envisageait de le faire – non, il avait décidé de le faire – parce qu'on avait besoin de lui. Parce que lui, plus que la plupart de ses concitoyens, connaissait la valeur de ces terres magnifiques qui bordaient l'Ohio. Si on permettait aux Français de s'en emparer et d'y construire des forts, l'Angleterre et les Colonies laisseraient un héritage inestimable leur échapper. Les futurs colonisateurs seraient obligés de pousser plus à l'ouest. Il était vital que leur marche ne soit pas entravée par les canons français. George savait que lorsque le général Braddock arriverait en Virginie, il se joindrait à son expédition.

Mais il s'obligea à une concession à l'égard de Mount Vernon. Il décida de partir avec le général comme volontaire sans solde. Ainsi il serait libre de rentrer chez lui au bout d'un an si la plantation requérait sa présence.

En apprenant sa décision, sa mère se hâta de le rejoindre à Mount Vernon. La scène fut similaire à celle où elle lui avait interdit de prendre la mer, mais avec une différence essentielle. Il avait vingt-trois ans, pas seize. Il était maître chez lui et pouvait décider de son sort.

Il lui résista tout en réfrénant les mots de colère qui se pressaient dans sa gorge. Il lui manifesta au contraire une exquise courtoisie qui ne fit qu'aggraver sa fureur.

« Je ne le tolérerai pas ! C'est stupide ! Restez à la maison, c'est là qu'est votre place ! Votre frère Lawrence serait en vie aujourd'hui s'il n'était pas parti pour cette folle campagne dont il est revenu sans poumons. Et qui va s'occuper de cet endroit ? » L'âge augmentant, la voix de sa mère semblait encore plus aiguë.

« Jack s'en occupera, je l'espère. » Son frère cadet, Jack Augustine, se tenait à côté de sa mère. « Jack, pourrais-tu t'arracher quelque temps à Ferry Farm et t'installer ici jusqu'à mon retour ? Si Mère peut se passer de toi, bien entendu. »

Jack répondit sans hésitation : « Mère ne m'estime pas très utile à Ferry Farm. Oh oui… oui, George, je m'installerai ici avec joie. »

George regarda son jeune frère avec une affection moqueuse. Lawrence lui avait jadis procuré un foyer – un refuge loin de sa mère. Il faisait de même pour Jack aujourd'hui. Il soupira en regardant sa mère, furieuse, quitter la pièce. Pour un homme qui ressentait chaque jour davantage le besoin de voir une femme partager sa vie, il n'était pas très heureux de la seule qu'il avait jamais eue.

Il ne mit pas longtemps à découvrir que cette campagne serait source des mêmes frustrations que la précédente. Braddock était peut-être un chef brillant, mais George se rendit vite compte qu'il n'était pas prêt à remettre en cause sa préférence bien enracinée pour les méthodes de guerre traditionnelles. Ainsi, lorsque George suggéra que les approvisionnements soient transportés par des bêtes de somme plutôt que par chariots, afin de permettre à l'armée de se déplacer rapidement et aisément, sa proposition tomba dans l'oreille d'un sourd.

Aux réunions du quartier général de Braddock, George tenta d'expliquer discrètement que combattre les Indiens capables de s'évanouir dans les profondeurs de la forêt ne ressemblait en rien à une rencontre en rase campagne entre des armées en ordre de bataille. Au début, le général feignit d'écouter ses avis, mais il fut vite évident qu'il ne les prenait pas au sérieux. Il était clair qu'il comptait reprendre Fort Duquesne à sa façon.

George sentait son sang bouillir bien qu'il prît soin de rester toujours courtois et impassible. Il ne voyait que trop bien quelles cibles offriraient les Anglais de l'armée régulière dans leurs tuniques aux couleurs vives. Il savait aussi que Braddock n'agissait pas de façon franche à l'égard des Indiens qui leur étaient favorables. Il ne se doutait pas qu'un jour, commandant en chef de l'armée révolutionnaire, il bénirait les Anglais de s'être montrés aussi peu clairvoyants sur ces deux points.

Ce fut à lui qu'échut la responsabilité du ravitaillement. Il songeait souvent qu'il eût préféré affronter l'armée française tout entière à l'aide de douze hommes plutôt que de s'atteler à la tâche quasiment désespérée d'équiper correctement une armée. L'argent manquait ; on lui promettait des chevaux qui n'arrivaient jamais ; les fournisseurs livraient une viande tellement avariée qu'il devait la faire enterrer ; on attendait en vain les livraisons de farine. Les pistes étaient si mauvaises que les chariots surchargés s'y disloquaient.

Ils finirent malgré tout par se mettre en route. George était épuisé mais impatient d'agir militairement. Il avait offert ses services parce qu'il voulait servir son pays et le roi. Il n'avait certes pas imaginé qu'il passerait des semaines et des mois à marchander le prix de la farine avec des fournisseurs qui auraient mérité plus justement le qualificatif de voleurs.

Puis, alors que l'armée était sur le point de s'ébranler, il fut frappé par la terrible dysenterie qui s'était répandue dans le camp. Il s'était cru immunisé, assez robuste pour combattre n'importe quel germe, mais l'infection eut raison de lui. Maudissant son sort, alité, affaibli et fiévreux, il regarda les troupes quitter le camp.

Faisant preuve de prévenance, Braddock s'arrêta pour lui souhaiter meilleure santé avant de partir. George parvint à arracher une promesse au commandant en chef. S'il se rétablissait assez rapidement, il pourrait rejoindre son régiment et assister à la reconquête du fort.

Le camp paraissait désert et silencieux après que le gros des troupes fut parti. George semblait incapable de surmonter l'état de faiblesse qui le laissait la plupart du temps complètement déprimé. La solitude ajoutait à ses souffrances. Les communications étaient difficiles, et il écrivit à son ami John Augustine, lui demandant ironiquement de remercier tous ses amis pour les lettres qu'ils ne lui avaient pas écrites.

La lettre partie, il se sentit deux fois plus malheureux. C'était à Sally qu'il pensait, naturellement. Mais elle lui avait écrit plusieurs fois. Et que pouvait-il espérer de plus ? Tandis que la fièvre le terrassait à nouveau, il comprit que le temps, les pensées et l'attention qu'il attendait d'elle ne pouvaient lui être accordés que par une épouse.

Peu à peu, il se sentit moins faible et commença à se rétablir. Malgré l'opposition farouche du médecin, il se déclara suffisamment valide pour rejoindre l'état-major. Il bouillait d'impatience à présent. Une colonne avait été envoyée en avant-garde et, selon les indications, il apparaissait que la tentative pour reprendre le fort avant que les Français reçoivent des renforts était sur le point de réussir.

George fit une concession à la maladie. Quand on sella son cheval, il accepta que des coussins soient placés sous la selle afin d'atténuer les secousses de la chevauchée.

Il régnait une chaleur inhabituelle en Pennsylvanie et il accusa le temps de l'empêcher de partager l'insouciance joyeuse que Braddock et ses officiers affichaient quand il les rejoignit. Ils lui rapportèrent que la colonne envoyée en avant-garde n'avait rencontré aucune opposition, pas même des éclaireurs. Dans ces conditions, sans le moindre doute, il ne leur faudrait que quelques heures pour reprendre Duquesne.

Ils traversèrent la Monongahela le 9 juillet. George sentit ses sens se réveiller tandis qu'ils parcouraient la dernière étape avant d'atteindre le site de la bataille.

Une sorte d'exaltation parcourait ses veines, semblable à celle qu'il éprouvait lorsqu'il se trouvait chez lui, à Mount Vernon. Oh, bien sûr, cette ardeur ne l'habitait pas constamment en campagne, certainement pas tandis qu'il rongeait son frein des semaines entières dans de mornes petites villes, tentant de résoudre les problèmes de ravitaillement.

En réalité, il eût été surpris de savoir combien ses hommes l'aimaient et lui vouaient une confiance aveugle. Il pensait même que cette retenue que lui avait inculquée sa mère lui faisait tort dans ses relations avec ses troupes. Il s'était entendu qualifier de « hautain », une critique qu'il estimait injuste, sans pouvoir rien faire pour la corriger. Il repoussa ces pensées d'un haussement d'épaules et donna l'ordre de traverser la rivière.

Franchir Turtle Creek ne présentait pas de difficulté, mais une alarme résonnait obstinément dans son esprit. Il fit remarquer au général Braddock que la rive était boueuse et portait de nombreuses empreintes. L'impatience à peine dissimulée du général incita George à ramener son cheval au sein de la colonne.

Il s'était déjà trouvé à cet endroit durant la campagne précédente, dix-neuf mois plus tôt. Il faisait un froid mordant à l'époque, mais aujourd'hui le feuillage était épais et verdoyant.

Ce qui n'était pas sans l'inquiéter.

Il y avait une clairière près du comptoir de Fraser. Ils étaient encore à une heure de marche du fort. S'il avait été le commandant français, il n'aurait pas laissé l'ennemi s'approcher davantage. Il aurait cherché un lieu où tendre une embuscade.

Et quel meilleur choix que cet endroit précis, où les troupes se regroupaient après la traversée de la rivière, où la forêt fournissait un abri aux attaquants ?

Quel meilleur...

Le fracas d'une salve rompit la musique régulière d'une marche militaire. George arrêta net sa monture. Un feu nourri fut suivi d'une autre salve. Puis le bruit qu'il avait attendu se fit entendre. Un chant de guerre indien déchira l'air.

La bataille avait commencé.

George déclara qu'il était incapable de reconstituer ce qui arriva ensuite. Il avait simplement suivi son instinct. Il écouta plus tard, avec stupéfaction, ses camarades officiers vanter « son extraordinaire courage et sa détermination ».

Plus tard, il découvrit quatre trous dans la veste de son uniforme. Plus tard encore, il se désola à la pensée que son cheval avait été tué sous lui.

Un aide de camp lui apprit que le général Braddock avait été blessé. Il parvint à se procurer un chariot et ramena sur la rive le général mourant.

Braddock resta lucide jusqu'à la fin. Il donna calmement des ordres, alla même jusqu'à prier George de prendre son cheval et mit son ordonnance, Bishop, à sa disposition. Il mourut en constatant que le désastre était total. Il n'entendit pas les cris des blessés qu'on scalpait ni ceux des prisonniers attachés à des poteaux et brûlés.

C'est à George que revint la charge de regrouper ce qui restait des troupes anglaises et coloniales et de donner l'ordre de battre en retraite. Mais il avait d'abord une mission à accomplir concernant le général Braddock.

Sous le regard stupéfait des autres officiers, il choisit le site où serait enterré le général. Une tranchée fut creusée dans la route même que la colonne allait emprunter. Les centaines de sabots feraient en sorte qu'il ne reste aucune trace de la tombe où reposait un brave et obstiné général.

Le capitaine Dobson s'étonna, demanda si cela était bien nécessaire. George lui demanda à son tour s'il avait jamais vu un corps découvert et profané par les Indiens.

La retraite prit fin, il fut libre de retourner chez lui. Une autre campagne serait organisée, une autre tentative aurait lieu. Il ne s'agissait plus seulement des forts à présent. Le prestige de l'Angleterre et des Colonies était en jeu, mais il fallait d'abord faire des plans, recruter des hommes.

Avec lassitude, George entama le long voyage jusqu'à Mount Vernon. Il avait le cœur lourd et se sentait découragé. Il s'accusait en partie de cet échec.

Il ne remarqua pas les regards d'adoration des hommes qui le voyaient quitter le camp. Il ne savait pas encore que toute la Virginie ne parlait que de sa bravoure.

Il n'avait pas conscience de monter le cheval

du général mort au combat, ni d'être servi par son ordonnance.

Il ne se rendait pas compte que le manteau du commandement s'était posé sur ses épaules.

4 mars 1797
13 heures 15
Philadelphie

Un feu flambait, chaud et réconfortant dans le petit bureau. Dehors, un vent froid cinglait les vitres. Assise près de la fenêtre, Patsy inspectait la rue d'un air inquiet. Son regard parcourait les façades des maisons, cherchant à apercevoir la haute silhouette qui n'allait pas tarder à apparaître au bout de la rue.

La cérémonie était certainement terminée. Il était en train de rentrer à la maison.

Elle aurait voulu qu'il lui permette de l'accompagner. Qu'il fût heureux d'en avoir fini avec la présidence ne faisait aucun doute, mais tout le monde a des regrets quand vient le moment de se retirer.

Et elle savait que certains articles de journaux l'avaient blessé et troublé. Il s'était demandé combien partageaient ces critiques concernant la fin de son gouvernement.

Où était-il ? Il aurait mieux fait de prendre la deuxième voiture au lieu de marcher par une journée aussi venteuse. Il devrait savoir qu'il n'était pas aussi robuste qu'autrefois, qu'il était sujet à des maux de gorge dès qu'il avait froid.

Elle reprit son ouvrage. C'était stupide de s'inquiéter ainsi. Il avait sans doute été rendre visite à Adams ou à Jefferson.

Mais il avait besoin de repos. Ce soir, ils resteraient tard à la réception.

Combien de fois en quarante ans l'avait-elle attendu, s'était-elle inquiétée pour lui ? Elle sentait encore aujourd'hui la peur glacée qui l'envahissait quand il était au front. Les gens accouraient, apportant des nouvelles, parlant de l'audace et de la bravoure du général…

Depuis l'époque où il avait survécu au massacre de Monongahela une légende disait qu'il ne pouvait être blessé au cours d'une bataille.

Une légende qui lui avait procuré peu de réconfort pendant les nuits où elle restait sans dormir, à se demander s'il lui reviendrait.

Était-ce…

Oui, c'était lui. Au bout de la rue s'avançait une haute silhouette.

Légèrement penchée en avant, luttant contre le vent.

Il hâta le pas.

Il se dépêchait à présent.

Un élan de soulagement et de joie la traversa. Délaissée, sa broderie glissa sur le sol. Après quarante ans, son cœur battait toujours plus vite à sa vue.

Quarante ans... une vie... Son cœur avait battu quand son mari, Daniel Custis, l'avait présentée au héros de Monongahela.

Il avait l'air d'un jeune dieu alors, avec sa haute taille, ses larges épaules que soulignait son uniforme bleu et argent, sa courtoisie.

Et aujourd'hui cet homme aux cheveux blancs, vêtu de noir, légèrement voûté, était presque à la porte de la maison.

Patsy traversa la pièce à la hâte et descendit accueillir le général.

Août-octobre 1755
Mount Vernon

Il arriva chez lui en août. Comme toujours la vue de ses terres le revigora physiquement et mentalement. Il retrouva vite toute son énergie et reprit l'exploitation en main. Le jour, il parcourait le domaine à cheval, supervisant les plantations et les récoltes.

La nuit, il en allait autrement. Il était hanté par le sentiment d'avoir échoué dans sa carrière militaire. Incapable de dormir, il revivait chaque étape de la marche qui avait abouti au carnage de Monongahela. Quelle part de responsabilité portait-il ? Il connaissait la ruse des Indiens. Il connaissait la tactique des Français.

Il aurait dû faire plus.

Certes, il n'était qu'un officier de rang inférieur. Certes, Braddock était un général acariâtre et buté. Certes, il avait quand même tenté de faire partager ses vues au vieux commandant en chef.

N'aurait-il pas dû insister davantage ? Il n'avait pas été aisé de se porter volontaire, mais il s'était engagé précisément parce qu'il connaissait le terrain. Aurait-il dû parler séparément aux autres officiers, tenter de les convaincre ou de mettre un peu de plomb dans la cervelle de Shirley, de Burton et de St. Clair, puis les envoyer convaincre le général ?

Cela aurait peut-être marché.

J'ai baissé les bras trop vite, se disait-il, debout devant la fenêtre, regardant le soleil se lever au-dessus des champs. Techniquement, voire même moralement devant Dieu, je n'ai rien à me reprocher, mais j'aurais pu faire mieux.

Les louanges que lui avait values sa bravoure sur le champ de bataille ne servaient qu'à aviver ses remords. Il était suffisamment clairvoyant pour savoir qu'il s'était montré un bon officier sous le feu de l'ennemi. Mais ce n'était guère un réconfort pour les familles des soldats qui avaient été massacrés.

Ses regrets se terminaient toujours par une résolution. S'il avait appris une leçon dans toute cette malheureuse affaire, c'était celle-ci : jamais il ne tiendrait sa langue quand il savait qu'il avait raison. Il exprimerait dorénavant son avis sans détour et avec assurance.

Il y aurait une autre campagne, il en était certain. Mais s'il devait y prendre part, il s'y engagerait les mains libres.

On l'appela plus tôt qu'il ne le pensait. Le gouverneur Dinwiddie avait à peine mesuré l'étendue de la catastrophe qu'il se rendit compte qu'un désastre encore plus grand s'annonçait. Durant leur retraite, les troupes avaient ouvert une brèche par laquelle les Français pouvaient facilement pénétrer depuis l'Ohio jusqu'au cœur de la Virginie. Il était évident qu'une nouvelle offensive devait être montée de toute urgence. En outre, les Indiens devenaient de plus en plus hardis, scalpaient les colons du comté d'Augusta, détruisaient leurs habitations. Il fallait mettre fin à ces meurtres cruels.

Quand l'Assemblée générale se réunit, le 5 août 1755, elle décida que ce qui restait du régiment de Virginie devait être regroupé et envoyé à la frontière pour en finir avec les sauvages et les Français.

La nouvelle ne laissa pas George indifférent, mais il ne prit pas part au débat. Il ne voulait pas participer à une nouvelle expédition si ses connaissances et ses talents restaient inemployés par manque d'autorité. Ses sentiments étaient connus. Des lettres arrivèrent de Williamsburg, lui demandant prudemment quelles seraient ses conditions s'il était choisi pour commander le régiment. Puis on lui fit savoir discrètement que le gouverneur pensait lui confier le commandement des troupes et qu'un séjour dans la capitale pour en discuter paraissait opportun.

George souffrait encore d'une certaine fatigue, mais il ne pouvait nier qu'il attendait cette rencontre avec impatience. Le vieux gouverneur grincheux eut le don de l'irriter bien qu'il ne pût s'empêcher de le plaindre. Dinwiddie voulait retourner en Angleterre. Il souhaitait aller à Bath et prendre soin de sa santé, mais il ne voulait pas se dérober devant ses responsabilités jusqu'à ce que le triste chapitre du déshonneur des forces coloniales ait été réécrit.

En tant qu'homme et officier, George le comprenait et le soutenait, même s'il admettait par ailleurs que Dinwiddie créerait inévitablement des obstacles au bon déroulement d'une campagne.

Les ennuis commencèrent avant même son arrivée à Williamsburg. Il avait écrit qu'il accepterait un commandement à condition d'avoir le choix des officiers qui le serviraient. À son habitude, Dinwiddie le devança et nomma les capitaines de la plupart des compagnies constituant le régiment de Virginie.

La discussion avec le gouverneur fut orageuse. Le vieil homme malade exigeait de savoir pour quelle raison le colonel Washington n'acceptait pas l'honneur de la charge qui lui était proposée.

George écouta la tirade en restant au garde-à-vous. Il était blême de colère, mais avait appris dès l'enfance à ne pas trahir ses émotions sous les invectives de sa mère.

Il était assez sensible pour apprécier le compliment que lui faisait indirectement le gouverneur. Les hommes ne montraient aucun enthousiasme pour cette nouvelle campagne, surtout après avoir appris les atrocités qui avaient été perpétrées à Monongahela. Or, le gouverneur disait en clair que le colonel Washington était tellement admiré et aimé par ses troupes que leur moral remonterait au plus haut s'il prenait la tête du régiment. Il termina sur une note un peu irrationnelle : « Et puisque votre pays vous honore ainsi, il est de votre devoir de vous incliner devant les souhaits qu'il exprime.

– Ayant donné ce que j'avais de meilleur, je dois donner encore davantage… » Ce manque de logique suscita une réaction amusée chez George, mais elle fut de courte durée. L'insinuation qu'il n'était pas prêt à servir à nouveau son pays l'irrita au plus haut point. « J'assure à Votre Excellence que c'est en partie pour ne pas perdre l'estime dont le pays a bien voulu m'honorer que je suis aussi intransigeant aujourd'hui. »

Il ne s'en tira pas à si bon compte. Les législateurs de la Maison des Bourgeois furent appelés à la rescousse pour démolir ses arguments. Ils augmentèrent sa solde ; ils lui allouèrent des frais de bouche. « Les officiers, répétait-il, sans quitter Dinwiddie des yeux, les officiers. »

Ils aboutirent enfin à un compromis. George eut l'autorisation de nommer ses officiers de campagne. À cette annonce, il cessa de discuter. C'était un compromis, sans doute, mais acceptable. Il pouvait aller de l'avant. Son oui fut accueilli avec empressement, encore qu'il entendît Dinwiddie grommeler à propos de ces blancs-becs d'officiers.

Dans les mois qui suivirent, il s'aperçut qu'il avait besoin de toute l'énergie qu'il pouvait mobiliser. Dès qu'il eut réintégré l'armée, les vieux problèmes ressurgirent, décuplés. Les fournitures étaient difficiles à obtenir. Une chose était de voter des impôts destinés à payer les dépenses du régiment, une autre de les recouvrer. Les hommes étaient terrifiés par les récits sur la cruauté des Indiens et une discipline stricte dut être instaurée pour aguerrir leur moral.

Mais aucune discipline n'était efficace sans un code militaire s'appliquant aux déserteurs et aux officiers insubordonnés. George se débattit avec ce problème jusqu'au mois d'octobre. Puis il installa ses troupes à Fort Cumberland et retourna à Williamsburg pour la session de l'Assemblée générale. Il y découvrit que le gouverneur avait enfin proposé que le code militaire traite plus sévèrement les cas des déserteurs et des enrôlés refusant de se présenter.

Il séjourna quelques jours à Williamsburg chez des amis. À cette époque, les récits des événements survenus à Monongahela s'étaient enrichis avec le temps. Ils n'avaient pas combattu trois cents Indiens mais seize cents. Toutes les troupes anglaises avaient pris la fuite, disait la rumeur. Le général Braddock avait été blessé puis sauvé par les troupes de Virginie commandées par le colonel Washington. Les Britanniques l'avaient abandonné au risque qu'il soit scalpé par les sauvages.

George était assez honnête pour regretter pareilles inventions, assez humain pour aimer la flatterie. Comme le disaient certains de ses subordonnés, ils auraient à payer le prix de ces louanges exagérées durant la prochaine campagne.

Mais lors des quelques bals auxquels il fut invité, George se rendit compte qu'il était au centre de l'attention. Il remerciait secrètement Sally lorsque les dames lui faisaient compliment de ses talents de danseur. Elle avait été un bon professeur. Ses pensées revenaient constamment à elle, bien qu'il regardât avec un intérêt nouveau les jeunes personnes sans attaches. Il se livrait souvent à un petit jeu. Si une jeune fille lui paraissait plus attirante que les autres, il tentait de l'imaginer à Mount Vernon. Pour une raison ou une autre, aucune ne semblait vraiment à sa place là-bas.

Il fit la connaissance d'une quantité de gens à cette époque. Daniel et Martha Custis en faisaient partie. Daniel Custis s'avança vers lui lors d'une réception. « Je voudrais vous féliciter pour votre nomination, colonel, dit-il. Nous sommes certains que vous allez régler rapidement nos problèmes à la frontière. »

L'homme, franc et amène, plut à George. Custis avait environ quarante-cinq ans et les paraissait, bien que ses cheveux et sa moustache soient encore foncés. George avait appris que la maison des Custis à Williamsburg était connue pour son hospitalité et qu'ils possédaient une demeure prestigieuse sur leur plantation. Il savait aussi que l'intérêt témoigné par Daniel Custis n'était pas superficiel et qu'il désirait sincèrement discuter des problèmes de la frontière.

« J'ignore quand et comment nous parviendrons à tout régler, répondit George. Les Français se sont retranchés. Et notre politique à l'égard des indigènes a été déplorable. Ils nous sont très hostiles. »

Daniel dit : « Colonel, venez vous asseoir quelques instants. À dire vrai, la réalité et la fiction sont tellement mêlées que j'ai du mal à croire tout ce que j'entends dire.

– Bien sûr », dit George, mais à ce moment-là une petite main effleura le bras de Daniel.

Les deux hommes étaient tellement plongés dans leur conversation qu'ils n'avaient pas remarqué que Mme Custis se tenait derrière eux. Une expression embarrassée apparut sur le visage de Daniel. Il passa son bras autour des épaules de son épouse et la poussa doucement en avant. « Bien, bien, ma chère, je sais que j'ai promis de ne pas parler de la frontière, des Français et du gouverneur. Que dois-je éviter d'autre ce soir ?

– Rien d'autre, mon ami. »

Le ton était amusé et affectueux et George sourit tandis que Custis le présentait. « Patsy, ma chère, je suis sûr que vous connaissez le jeune colonel Washington. Ma femme, Martha, colonel Washington.

– Très honoré, madame. »

Mme Custis lui rappelait une poupée qui avait appartenu à sa sœur Betty. Elle était très petite, lui arrivait à peine à la poitrine ; elle avait le même teint clair et rose et les mêmes grands yeux bruns que cette poupée. Ses cheveux châtains et brillants étaient ramassés en boucles sur la nuque. Une robe de bal en satin rose mettait en valeur sa silhouette doucement arrondie.

Quand elle lui tendit la main, George craignit de la serrer trop fort ; elle était si menue, elle semblait perdue dans la sienne. Elle dit : « Colonel Washington, vous n'avez pas quitté les dures réalités de la guerre pendant quelques jours pour les revivre dans un salon. Daniel, mon cher, avec toutes ces charmantes jeunes femmes qui sont ici, croyez-vous vraiment que le colonel ait envie de parler politique ? »

Daniel eut l'air contrit. « Comme je ne remarque jamais les charmantes jeunes femmes moi-même – à une seule exception –, j'oublie qu'elles pourraient intéresser les autres. »

Pendant un instant, George se sentit de trop. L'affection évidente qui régnait entre ces deux-là, l'adoration que Daniel Custis montrait à sa jeune femme – elle avait au moins vingt ans de moins que lui – lui donna l'impression que son destin était de côtoyer des couples étroitement unis, de n'être que le témoin du bonheur des autres.

Puis Mme Custis se tourna vers lui et il décela un intérêt sincère dans son regard. « J'ai promis de ne pas faire allusion à la guerre, mais je dirai seulement que nous avons été heureux que vous soyez sorti sain et sauf de Monongahela. Votre bravoure est devenue légendaire. »

George avait appris à accepter ce genre de compliment. Pourquoi alors eut-il l'impression de l'entendre pour la première fois ? Sans doute à cause de la sincérité délicate avec laquelle il était exprimé. Il s'inclina, conscient à nouveau d'être beaucoup plus grand qu'elle. Sa haute taille l'embarrassait parfois. Mais pas aujourd'hui. À voir l'admiration qui rayonnait sur le joli visage levé vers lui, il aurait pu croire qu'il était au moins général du roi.

La musique reprit et George était sur le point de demander à Mme Custis de lui accorder cette danse quand elle se tourna vers son mari. « Vous m'avez promis de danser avec moi », lui rappela-t-elle. Elle expliqua à George : « Nous sommes de médiocres danseurs, Daniel et moi, mais il y a quelques pas que j'aime exécuter avec lui. »

George les regarda gagner la piste. Daniel était raide comme un piquet mais Mme Custis dansait correctement et avec grâce, même si elle n'avait pas le style et le naturel de Sally. Il eut un haussement d'épaules impatient. Il avait le don de trouver les femmes charmantes quand elles étaient liées à un autre homme. D'un pas résolu, il se dirigea vers les jolies filles Randolph. Quelques minutes plus tard, il tournoyait sur la piste de danse et il avait cessé de se préoccuper de la guerre, de Sally et des femmes qui n'avaient d'yeux que pour leur mari, se contentant d'être un bon danseur et d'avoir une partenaire à sa hauteur.

4 mars 1797
13 heures 20
Philadelphie

Inquiète, elle lui trouva le visage tendu et fatigué. Christopher apparut et lui prit son chapeau et ses gants, mais ses mains étaient froides et presque engourdies quand elle les tint entre les siennes.

Elle entreprit de les frictionner l'une après l'autre. Un éclair d'amusement traversa les yeux de George. Il se pencha pour l'embrasser sur le front. « Cela risque de prendre longtemps », murmura-t-il.

Ils avaient toujours ri de ses mains minuscules comparées aux siennes.

« Peut-être le feu sera-t-il plus efficace », dit-elle, et elle demanda à Christopher d'apporter un verre de vin au général dans le bureau.

Ils montèrent l'escalier en silence. Mais une fois dans le bureau, il poussa un grand soupir tout en refermant la porte. Il s'approcha du feu et tendit les mains, pliant et dépliant ses doigts.

Elle rapprocha son fauteuil de la cheminée

et s'assit en face de lui. Avec un soulagement visible, il se laissa aller dans le confortable siège, puis sourit à sa femme.

Il répondit à sa question muette. « Tout s'est très bien passé, je crois. M. Adams a fait un beau discours, et il a été très bien accueilli. Il fera un bon président.

– Il a eu un bon exemple.

– Tout le monde n'est pas de cet avis, fit-il. Oh, Patsy, je suis heureux d'en avoir fini. Je suis un vieil homme fatigué.

– Cela fait longtemps que je vous traite de vieil homme, lui rappela-t-elle doucement.

– Oui, mais c'est vrai aujourd'hui. »

On frappa discrètement à la porte et Christopher entra, apportant deux verres de bordeaux.

Tout en savourant le sien à petites gorgées, Patsy parut songeuse. Ce moment lui rappelait le jour où tout avait commencé, chez les Chamberlayn. Après la mort de Daniel, lorsqu'elle avait revu le jeune colonel Washington.

« À quoi pensez-vous, Patsy ? demanda-t-il.

– Devinez.

– Que vous êtes heureuse que ce soit fini... Que vous êtes impatiente de rentrer à la maison...

– Je ne pensais pas à l'avenir mais au passé. Vous souvenez-vous de la première fois où nous nous sommes assis ensemble devant un feu ?

– Chez les Chamberlayn, voulez-vous dire ? » Il prit un air pensif. « Quelle impression vous ai-je faite ? Je devais ressembler à un épouvantail.

– Vous aviez été si malade. »

Elle se rendit compte que c'était son visage creusé par la fatigue qui avait éveillé en elle le souvenir de ce lointain après-midi. Il semblait aussi las, aussi pâle.

Ils restèrent un moment silencieux, absorbés dans leurs souvenirs. Elle sentit les larmes lui monter aux yeux. Elle savait qu'il en comprenait la raison.

« C'était la première fois que je rencontrais Patsy et Jacky, dit-il. C'est ce que vous pensez, n'est-ce pas ?

Elle hocha à peine la tête. « Je pensais à eux, dit-elle doucement. Dès le premier jour ils vous ont adoré... tout comme moi... comme moi. »

Mars 1758
Chez les Chamberlayn
Près de Williamsburg

Lorsque George s'arrêta devant le perron du vaste manoir des Chamberlayn, Bishop l'aida à mettre pied à terre, prit les rênes et emmena son cheval. Bishop et le cheval lui avaient été légués par Braddock à sa mort. Il les avait depuis presque trois ans et se demandait comment il avait pu se passer de Bishop. Il ne faisait aucun doute que les soins attentifs de son ordonnance lui avaient permis de surmonter cette longue épreuve.

George fut consterné de se sentir encore ridiculement faible dès qu'il se retrouvait sur ses jambes. Grâce au ciel, il pouvait au moins faire état d'un résultat. Pas de progression véritable, non, mais cette fois-ci il ne s'était pas laissé prendre au piège comme un amateur.

Progression. Il réprima un rire. Un an et demi durant lequel il avait tenté de défendre la frontière avec trop peu d'hommes, des approvisionnements insuffisants, des recrues qui ne cessaient de déserter. Sans compter les journaux qui publiaient des articles sur l'alcoolisme des officiers, comme s'ils organisaient des orgies dans les logements misérables où ils étaient confinés. Et le vieux gouverneur acariâtre et l'éternelle question du commandement. L'année passée, sa propre autorité avait été contestée par un capitaine de l'armée régulière britannique.

Sans oublier la maladie qui sapait ses forces et l'empêchait presque de se tenir debout. Les semaines de traitement sans résultat. Il était déprimé. Il regrettait l'impulsion qui l'avait conduit ici. Il aurait dû poursuivre son chemin et se rendre directement à Williamsburg. Malade ou bien portant, il devait rejoindre son poste. Dans l'état d'esprit où il se trouvait, il ne serait d'agréable compagnie pour personne.

Il dit sèchement à son ordonnance : « Vous feriez mieux de dîner tôt. Nous n'allons pas nous attarder. »

Bishop ne fut visiblement ni offensé ni intimidé par sa brusquerie. « Colonel, sir, vous vous sentirez mieux une fois à l'intérieur. Vous avez froid et vous êtes fatigué. Vous allez passer un bon moment. »

C'était de sa part un discours très personnel. Son souci se traduisait plus généralement par ses actes ou son attitude. George sourit vaguement, réconforté par la sollicitude de son serviteur, puis tourna les talons et gravit l'escalier.

Il s'était attendu à trouver d'autres invités. Les Chamberlayn étaient une grande famille et leur demeure était toujours pleine à craquer. Ils l'accueillirent dans le hall d'entrée. Le major Chamberlayn lui serra vigoureusement la main, tandis que son épouse l'embrassait sur la joue et déplorait de lui voir si mauvaise mine.

Ils le conduisirent au salon. Plusieurs personnes étaient réunies dans la pièce, mais il n'était pas préparé à rencontrer celle qui était sagement assise dans une chauffeuse près du feu.

Patsy Custis portait une robe noire qui faisait ressortir sa peau de lait sans défaut. Ses cheveux châtains qui bouclaient sur sa nuque la dernière fois qu'il l'avait vue étaient aujourd'hui noués en un simple chignon. De petites mèches frisaient autour de son front, lui donnant un charme enfantin. Ses grands yeux bruns, largement écartés dans son visage ovale, avaient une expression de tristesse bien différente de la chaleur affectueuse qu'ils exprimaient l'année précédente.

George se hâta de présenter ses salutations aux autres invités, puis s'approcha de Patsy. Il sentit les regards de quelques invités se fixer sur lui mais ne s'aperçut pas que Mme Chamberlayn les éloignait délibérément de la cheminée. Il ne voyait que la petite silhouette dont le visage mélancolique s'égaya d'un sourire à son approche.

« Madame Custis...

– Colonel Washington... » Elle eut un air navré. « Oh, mais vous avez été souffrant. »

Que ce soit elle qui compatisse... Il écarta d'un geste son allusion à sa maladie. C'était à lui d'exprimer sa compassion.

« Oh, je serai vite rétabli. Puis-je vous exprimer mes condoléances pour la perte de votre cher mari ? »

Un voile de larmes apparut un instant dans les grands yeux bruns. Mais au moment où elle murmurait « Merci », Mme Chamberlayn s'approcha.

« Oui, dit-elle vivement, Patsy a traversé des jours cruels et vous aussi, jeune colonel, et maintenant nous allons tous nous réjouir en pensant que l'année est à peine entamée et qu'elle sera, j'en suis convaincue, heureuse pour chacun de nous. »

Certains dans la pièce avaient entendu ses paroles. Un murmure amusé parcourut la pièce lorsque le major Chamberlayn intervint : « Il faut que vous sachiez, colonel, que ma femme est une optimiste invétérée. Pour elle l'année débute en mars. Elle sent le printemps dans l'air quand il y a vingt centimètres de neige sur le sol. Et elle ne veut lire que des romans qui ont une fin heureuse. »

Mme Chamberlayn ne parut pas le moins du monde décontenancée. « C'est ainsi que je vois les choses, en effet. Et vous conviendrez que vous m'aviez dit que George ne viendrait sûrement pas, or le voilà, bien qu'en assez piteux état. »

George ne put qu'accepter la remarque. Il savait que son uniforme devenu trop grand pendait sur ses épaules, qu'il avait le teint blafard, les traits tirés. Il se rappela l'époque, huit ans plus tôt, où il avait attrapé la variole et s'était réjoui que Sally ne soit pas là pour voir ces horribles pustules.

Pourquoi aujourd'hui, lui, si soucieux de son apparence – il devait l'admettre en son for intérieur –, n'éprouvait-il aucune honte à apparaître avec cette mine à faire peur devant Patsy Custis ?

Patsy... ce prénom l'intriguait. Quand l'attention des autres se fut dissipée, il approcha une chaise de la sienne et dit : « Madame Custis, excusez ma curiosité. À deux reprises – lors du bal de l'année dernière et aujourd'hui – j'ai entendu que l'on vous appelait "Patsy". »

Une légère rougeur monta au visage de la jeune femme. « Mon père trouvait que Martha était un prénom trop cérémonieux. Il préférait m'appeler Patsy.

– Cela vous va très bien. »

À leur première rencontre, George se souvint qu'il avait pensé qu'elle ressemblait à une délicieuse poupée. Il se souvenait aussi de l'adoration avec laquelle Daniel Custis regardait sa femme. Il ne serait pas difficile de...

Tout à coup, il s'aperçut que la conversation était à nouveau devenue générale et que le major Chamberlayn l'interrogeait sur la situation dans l'Ohio l'an passé.

Il se pencha en avant, faisant tourner lentement son verre dans sa main, et se concentra sur sa réponse.

« Je pense que nous aurions pu gagner cette guerre il y a longtemps si nous ne passions pas tant de temps à nous débattre avec une multitude de problèmes. Je peux vous dire qu'il a été impossible de faire régner la discipline avant d'obtenir une loi un peu plus sévère sur les désertions. Et je ne vous parle pas des difficultés avec les fournisseurs. Seigneur, nous devrions nous montrer impitoyables avec ces gens qui remplissent leur portefeuille aux dépens du gouvernement et livrent de la viande tellement avariée qu'il faut l'enterrer. »

S'échauffant, il poursuivit : « Quant au commandement... Vous concevez certainement, monsieur, que sur le front, pendant une bataille, au cours d'une guerre, sur une plantation, dans un gouvernement, il faut une chaîne de commandement bien définie. Comment accepter une situation comme celle que nous avons connue, où un capitaine avec brevet royal s'arroge le rôle du roi face à un capitaine avec un brevet colonial, alors que le gouverneur a nommé ce dernier commandant ? »

Il se tut brusquement, soudain gêné. Il était en général trop réservé pour mettre en avant ses opinions ou discuter ainsi des affaires de l'armée, mais le vin, la chaleur de la pièce, l'atmosphère amicale avaient délié sa langue.

Il n'avait pas lieu d'être inquiet. Le major Chamberlayn approuva vigoureusement de la tête. « Les ennuis viennent naturellement de l'Angleterre où le roi suit l'opinion du premier conseiller qu'il veut bien écouter et n'accorde aucune valeur aux rapports qu'il reçoit d'un colonial.

– Oh, je ne pense pas que la situation soit aussi détestable. »

George était choqué. On ne critiquait pas le roi.

« C'est pourtant la vérité pure et simple, dit le major Chamberlayn. Croyez-moi, le conflit entre brevet colonial et royal n'est qu'un parmi des milliers de petits affrontements. Et cela ne fait que commencer.

– Et avant que vous ne vous échauffiez sur ce sujet, nous allons nous accorder une trêve. » Mme Chamberlayn se leva avec grâce. « Je vois que le dîner est servi. »

George se leva à son tour et offrit son bras à Patsy. Elle l'accepta en souriant et ils pénétrèrent ensemble dans la salle à manger.

La longue table était couverte d'une quantité de mets appétissants, mais George y toucha à peine. Une nourriture trop riche l'incommodait, et il grignota du pain sec avec quelques gorgées de bouillon. Il vit les regards inquiets que lui lançait Patsy derrière ses longs cils. Il était assis à la droite de Mme Chamberlayn et Patsy se trouvait à côté de lui.

Mme Chamberlayn ne fit aucun commentaire sur sa frugalité, elle se contenta de soupirer : « Colonel, nous n'arriverons jamais à vous faire prendre du poids, mais peut-être avez-vous raison d'être prudent. »

L'homme placé à la droite de Patsy faisait partie de la famille Randolph, et George s'étonna de l'entendre demander à la jeune femme comment se déroulait son procès. C'était une question d'ordre personnel, pensa-t-il, et il se demanda si elle se montrerait froissée. Au contraire, elle sembla lui répondre sans la moindre réticence.

« Il traîne lamentablement. » Elle se tourna vers lui. « Colonel Washington, la Virginie entière sait – mais vous l'ignorez peut-être car vous étiez absent – que mon mari est mort sans avoir fait de testament. Il existerait un testament établi par son grand-père et mes droits ainsi que ceux de mes enfants sont remis en cause.

– Mais vous allez gagner, bien entendu. »

Le major était formel.

Patsy hocha la tête. « Sans doute, mais cela me dépasse. Daniel gérait toutes nos finances. Je ne m'en occupais jamais. Me retrouver non seulement obligée de décider de chaque dépense, mais aussi de dire oui ou non aux hommes de loi qui veulent faire ceci ou cela... » Son petit rire tenta en vain de masquer le tremblement de ses lèvres. Elle se reprit et dit vivement : « Peu importe. Tout se passera bien, j'en suis sûre. »

George songea à sa propre mère qui avait dilapidé son capital parce qu'elle aussi avait tenté de gérer seule ses affaires et s'était trouvée dépassée. Il est vrai que sa mère était très différente de la jeune veuve Custis. Les dieux eux-mêmes n'auraient pas réussi à influencer les jugements de Mme Washington. Une jeune et jolie femme comme Patsy Custis ne mettrait pas longtemps à se remarier... Cette pensée le chagrina.

C'était visiblement la même qui traversait l'esprit du major Chamberlayn. « Ne vous faites pas de souci, ma chère. Avec tous les prétendants qui se pressent dans votre salon, vous n'aurez pas à vous préoccuper de ce genre de problème longtemps.

– Allons, je vous en prie. »

Le ton de Mme Chamberlayn était réprobateur.

Patsy sourit. « Je peux vous dire qu'il s'agit là d'un problème aussi délicat que les histoires d'ordre légal. Lorsque Daniel m'a demandé de l'épouser, je n'ai pas douté un instant qu'il m'aimait. Son père avait été très clair, déclarant que je n'étais pas du rang de son fils, ni socialement ni financièrement. Risquant d'être déshérité, il déclara à ce vieil homme intransigeant qu'il m'aimait et m'épouserait malgré tout et je sus alors que j'étais réellement désirée pour moi-même. Aujourd'hui, je me demande si c'est moi ou la fortune des Custis qui intéresse l'un ou l'autre de ces prétendants. J'ai parfois du mal à le savoir. »

George éclata de rire, puis s'excusa aussitôt : « Chère madame Custis, vous me rappelez ma sœur, Mme Fielding Lewis. Quand Fielding lui a demandé de l'épouser, elle n'était pas sûre d'elle. Il est un peu plus âgé, voyez-vous, et j'imagine que Betty réservait ses charmes à un prince de sang royal, au moins. Voyant qu'il n'arrivait pas à ses fins, Fielding se souvint que le rêve d'enfant de Betty était de posséder une très belle maison et il lui décrivit en des termes passionnés celle qu'il ferait construire pour elle. Ma sœur lui promit aussitôt de devenir sa femme. »

L'assistance pouffa. « Et ce fut un mariage heureux, dit le major Chamberlayn.

– Très heureux, renchérit George. C'est Fielding en personne qui raconte l'histoire avec humour. Betty l'adore. Il est aux petits soins pour elle, et parvient miraculeusement à rester le maître de sa maison.

– Vous semblez approuver qu'un homme soit le maître de sa maison, colonel », fit remarquer Mme Chamberlayn avec une pointe d'ironie.

George se souvint trop tard que dans cette demeure la maîtresse de maison avait son mot à dire, mais il refusa d'abandonner son point de vue.

« C'est vrai, madame, répondit-il. Je pense que le mot de mari s'applique à quelqu'un qui protège et prend soin de son épouse et qu'il n'est pas bon de laisser une femme mener un homme par le bout du nez – comme on le voit trop souvent, n'est-ce pas – et puis se tourner vers le même homme pour qu'il assure la sécurité à laquelle elle a droit. »

Il ne put s'empêcher de penser à sa propre mère. Il avait toujours soupçonné que son père la craignait. Quand il se marierait... Il s'arrêta, conscient d'avoir évoqué cette hypothèse à plusieurs reprises récemment.

Il refusa le dernier plat et fit mine de savourer son vin. Il se sentait soudain las. La douleur se manifestait à nouveau et la perspective du long trajet jusqu'à Williamsburg l'inquiétait. Il décida de se reposer un moment près du feu dans le bureau après le dîner, et de prendre la route ensuite. Avec la fatigue, un sentiment de mélancolie l'envahissait.

Son silence ne passa pas inaperçu. Le repas prit rapidement fin et, tandis que certains invités se préparaient à partir, Mme Chamberlayn l'accompagna jusqu'au bureau. Elle tenta de le persuader de rester pour la nuit.

« Merci infiniment, mais je dois continuer. J'ai hâte de voir le médecin et de retourner auprès de mes hommes. » Il s'efforça de sourire. « J'ai parfois du mal à croire ceux qui me disent que je suis rétabli. »

Il se demanda où se trouvait Patsy. Il avait pensé qu'elle passait la nuit ici, mais peut-être s'était-il trompé. Peut-être était-elle partie, elle aussi. À moins qu'elle se soit retirée dans sa chambre. Après tout, pourquoi aurait-elle voulu s'attarder auprès d'un homme aussi mal en point ? Il faisait un froid glacial à présent et il était en nage. Arriverait-il à se débarrasser un jour de ces maudites crises ?

Le major Chamberlayn entra, le regarda attentivement et dit abruptement : « Vous passerez la nuit ici, que vous le vouliez ou non, monsieur. Je ne permets jamais à un de mes invités de quitter la maison après le coucher du soleil et, par ailleurs, vous êtes loin d'être en bonne forme. »

Patsy arriva alors, suivie d'un domestique chargé d'un plateau. « J'ai déjà fait prévenir l'ordonnance du colonel, dit-elle. Le pauvre diable attendait dehors près des chevaux sellés, frappant du pied pour se réchauffer. Colonel, vous inspirez l'obéissance, n'est-ce pas ? Dans la propriété de feu mon mari il y a deux cent quatre-vingt-six esclaves et aucun d'eux ne serait dehors par ce blizzard sous prétexte que j'émettrais le désir de partir tôt. »

George avait levé un sourcil. Il ne savait pas très bien comment réagir. « Vous avez renvoyé mon ordonnance, madame ?

– Je lui ai dit que vous passiez la nuit ici. Voyez-vous, vous n'aurez aucune envie de voyager après avoir bu ceci. Vous serez seulement envahi par une douce fatigue. »

Le domestique avait mis le plateau sur la table qu'il avait rapprochée du fauteuil de George. Sur le plateau était posé un bol contenant un liquide fumant.

« Qu'est-ce que c'est ? » demanda-t-il. Il était consterné. Il n'y avait pas un seul de ses amis qui ne lui ait fait ingurgiter un remède de son invention durant les mois passés. Invariablement il s'était senti plus mal ensuite.

Patsy poussa la table plus près de son fauteuil et lui tendit la cuiller. « Goûtez, je vous en prie. »

Une gorgée, se dit-il, pas plus. Son estomac réagissait de façon si catastrophique qu'il n'osait rien ingurgiter qui pourrait… Le liquide était très chaud mais pas désagréable. Il avait un goût que George ne put identifier. Du bouillon de viande ? Une sorte de thé ?

Patsy ne répondit pas à son regard interrogateur. « C'est une recette qui se transmet de génération en génération dans ma famille. Un remède miraculeux pour se remettre d'une maladie épuisante comme la dysenterie. Maintenant, s'il vous plaît, buvez tout. Je vous garantis que vous vous sentirez beaucoup mieux. »

Le « s'il vous plaît » lui parut superflu. Il eut l'impression fugace qu'avec son extrême douceur Mme Custis pouvait être aussi inflexible que sa mère. La comparaison l'amusa. Il but docilement tout le contenu du bol.

Patsy hocha la tête, satisfaite, puis se tourna vers Mme Chamberlayn. « Pourrions-nous regarnir un peu le feu ? Il ne faudrait pas que le colonel attrape froid à nouveau. »

Mme Chamberlayn s'adressa à un domestique et regarda son mari. « Mon cher, laissons un moment nos jeunes invités. Je suis certaine qu'ils nous excuseront. Nous les retrouverons plus tard pour un souper tardif. »

Le major eut l'air stupéfait. « Je n'ai pas l'intention... »

Sa femme glissa son bras sous le sien. « Vous verrez vos invités plus tard. »

Sentant la douleur se dissiper, George se renfonça dans son fauteuil avec soulagement. Patsy s'assit en face de lui. Il y avait un ouvrage de broderie dans un panier, qu'elle ramassa. « Je veux que vous vous reposiez, fermez les yeux si vous le voulez. »

Il obéit à nouveau, mais ne put s'empêcher de la regarder. À travers ses paupières mi-closes il voyait la lumière dorée du feu jouer dans ses cheveux châtains. La robe noire à col haut et à manches longues, soulignée par une simple broche, ne cachait pas complètement la blancheur de son cou et de ses mains. L'année qui s'était écoulée avait apporté une maturité nouvelle à son visage. Pourtant, étrangement, elle paraissait plus jeune. Il essaya de l'imaginer en train de recevoir ses admirateurs dans son salon, mais il ne parvenait pas à la voir ainsi.

Sa sœur Betty et Sally trouvaient agréable d'être courtisées par la moitié des hommes du comté. Mais il supposait que Mme Custis avait peu de goût pour le flirt.

La douce lassitude causée par la chaleur du feu et le breuvage agissait sur l'humeur de George. Il se sentait comme chez lui dans cette maison, à contempler Patsy de l'autre côté de la cheminée. Une femme semblable ne devrait jamais être seule.

Seule. Mais elle avait des enfants.

Cette constatation le sortit de sa torpeur. « Madame Custis, dit-il, je m'aperçois avec regret que je ne vous ai pas demandé des nouvelles de vos enfants. Comment vont-ils ? »

Patsy sourit. « Ils vont très bien, merci. Vous les verrez plus tard. Ils sont en haut dans la nursery, mais leur nounou les fera descendre pour dire bonsoir. »

Puis elle laissa négligemment son ouvrage glisser sur le sol. « Je n'avais pas l'intention de les amener ici, mais je me suis aperçue que je ne pouvais pas les laisser. Chaque fois que je dois m'en séparer, je deviens folle d'inquiétude. Naturellement, ils ne restent jamais sans surveillance et leur nounou est très dévouée, mais j'imagine Jacky prenant un cheval, partant seul au galop – il est très hardi pour ses quatre ans – et faisant une chute. Et la petite Patsy n'a pas tout à fait deux ans, mais elle est très frêle. Vous comprenez, mes deux premiers enfants sont morts très jeunes, c'est peut-être pourquoi je suis anormalement prudente avec les deux qui me restent.

– Je présume que toute mère est inquiète lorsque ses enfants sont très jeunes. »

L'expression angoissée de Mme Custis quand elle évoquait ses enfants lui rappela celle d'Anne quand elle parlait de son bébé. Mais la peur d'Anne était justifiée. Elle avait perdu sa petite fille.

Patsy ramassa son ouvrage. « Je crains que mon caractère inquiet n'empire lorsque je serai plus âgée. Ma seule défense est que je m'efforce vraiment de surmonter cette appréhension.

– Parlez-moi d'eux. »

Ce n'était pas qu'une question polie. George avait sincèrement envie d'en savoir plus sur les enfants Custis.

Il n'aurait pu trouver meilleur moyen de connaître Patsy. Son expression passait de la joie à la fierté, de l'anxiété à la joie tandis qu'elle parlait de ses enfants. « Jacky est un beau petit garçon, très entêté mais si charmant qu'on a du mal à le punir. Daniel le trouvait difficile, je crois, mais était très fier de lui. Il est tellement intelligent. La petite Patsy est très douce, très désireuse de faire plaisir et d'être aimée. Son père lui manque, même si elle n'a que peu de souvenirs de lui. Quand un homme vient nous rendre visite, elle l'observe pendant quelques minutes, puis, si l'inspection est favorable, elle va s'installer sur ses genoux sans rien demander. »

Un petit garçon obstiné qui avait besoin de l'autorité d'un père. Une petite fille mélancolique qui avait besoin de sa tendresse. Une jeune et jolie maman.

D'un mouvement impatient, George se redressa dans son fauteuil, tirant inconsciemment sur son uniforme.

Mme Custis sourit. « Vous vous sentez mieux, n'est-ce pas ? Mais ne vous éloignez pas du feu. Sinon vous risquez d'avoir froid à nouveau. »

Arrivée à ce stade, sa mère se serait lancée dans une diatribe contre les ravages de la guerre sur la santé d'un homme.

Et Sally, qu'aurait-elle fait ?

Il réprima un rire. Sally aurait dit : « Jeune Washington, puisque vous semblez ragaillardi, pourquoi ne pas essayer ce nouveau pas de danse dont Sarah dit qu'il fait rage à New York ? »

Rapprochant docilement son fauteuil de la cheminée, il essaya d'analyser ses sentiments. Il ne ressentait pas l'émoi qu'il éprouvait en présence de Sally. Il avait l'impression qu'une partie de son cœur restée jusqu'alors ignorée de lui était soudain baignée de chaleur.

Mme Custis termina une partie compliquée de sa broderie. « Maintenant que vous m'avez si patiemment écoutée, dit-elle, c'est à vous de me parler un peu de vous-même.

– Par où dois-je commencer ?

– Par votre maison, je suppose. Mme Chamberlayn m'a dit que vous aviez la plus belle propriété de Virginie. Racontez-moi Mount Vernon. »

Si elle lui avait demandé de parler de lui-même, il n'aurait pas eu grand-chose à raconter.

Mais parler de Mount Vernon était autre chose – tout comme regarder les lueurs du feu jouer sur le joli visage qui lui faisait face tandis qu'il décrivait les terres vallonnées et la maison, tout en étant assez honnête pour souligner ses insuffisances actuelles. Il évoqua ses projets pour le bâtiment principal et pour les terres, son intention de planter des massifs de fleurs ici et là, des buissons qui borderaient les allées.

Il parla longtemps et se rendit compte que d'autres noms prenaient place dans la conversation – sa mère, ses frères, les Fairfax, le séjour à la Barbade avec Lawrence. Il parla jusqu'à ce que les bûches craquent et s'écroulent en braises rougeoyantes, puis, conscient que la pièce s'était soudain refroidie, il se leva vivement.

« Je suis confus. Le bavardage n'est pas un de mes défauts habituels, mais vous êtes trop polie et trop bonne de m'écouter ainsi. »

Elle se leva à son tour. « S'il y a des excuses à faire, c'est à moi qu'elles incombent. J'ai pris un grand plaisir à écouter vos récits, mais il me semble entendre les enfants qui viennent dire bonsoir. »

La porte du bureau s'ouvrit brusquement et un tourbillon pénétra dans la pièce, un petit garçon aux yeux bruns étincelants et aux cheveux en broussaille. Il accourut vers Patsy. « Maman, n'est-ce pas qu'il est trop tôt pour aller se coucher ? » Il se prit les pieds l'un dans l'autre et, instinctivement, George tendit le bras et le retint.

Les yeux bruns s'agrandirent davantage.

« Oh, monsieur, je suis désolé. Êtes-vous... ? Dans la nursery on a dit... Monsieur, êtes-vous le colonel Washington, le héros ? »

George éclata de rire. « Je suis le colonel Washington, jeune homme. »

Jacky respira profondément. « En haut, on nous a dit de ne pas faire de bêtises parce que vous étiez dans la maison et que vous avez l'habitude de donner des ordres et que les gens vous obéissent. Est-ce vrai ?

– On ne peut plus vrai, et vous devez être Jacky. Et comme un bon soldat, vous n'allez pas désobéir à l'ordre de monter vous coucher. »

Jacky ignora l'allusion au coucher. « Puis-je essayer votre épée ? »

George rit à nouveau. Il alla jusqu'à l'angle de la pièce et apporta l'épée en question. « Il ne faut pas la sortir de son fourreau. Et ne pas l'agiter. Me suis-je bien fait comprendre ?

– Parfaitement, monsieur. » La bouche de Jacky était grande ouverte. « Avez-vous tué beaucoup d'Indiens avec elle, monsieur ?

– Au bout de vingt, j'ai cessé de compter.

– Vingt !

– Jacky, n'importunez pas le colonel. » Patsy fronça les sourcils. « Et où est la petite Patsy ? Oh… »

La fillette entra dans le bureau tenant la main de sa nounou. Elle courut à son tour vers sa mère. Patsy la prit dans ses bras : « Voici mon bébé, colonel. »

George fut décontenancé devant les yeux bruns au regard grave qui l'observaient si intensément dans ce petit visage. Reproduisant le geste qu'il avait eu envers l'enfant d'Anne, il tendit un doigt. À son grand étonnement la petite Patsy le prit et lui sourit.

« Vous l'avez amadouée, dit Patsy. Dans un instant, elle va vouloir monter sur vos genoux, mais je suis sûre que vous avez envie de vous reposer plutôt que de jouer avec des enfants avant le souper. À présent, Jacky, dites bonne nuit au colonel Washington et rendez-lui son épée. »

Avec un gros soupir, le petit garçon obéit. Lâchant l'épée, il demanda : « Colonel Washington, est-ce que vous nous rendrez visite un jour ? »

George dit : « Ce serait avec grand plaisir. En réalité, j'étais sur le point de demander à votre mère l'autorisation de passer vous voir en quittant Williamsburg la semaine prochaine. Vous serez chez vous à ce moment-là, je pense ? »

Il regardait Jacky mais la question s'adressait à Patsy. Son sourire était aussi radieux que celui de son fils lorsqu'elle répondit : « Oui, colonel Washington, nous serons à la maison et très heureux de vous recevoir. »

Jacky dit : « Nous habitons près de Williamsburg, colonel. Tout le monde connaît l'endroit. Vous n'aurez qu'à demander où se trouve la Maison Blanche. C'est le nom de notre maison. »

George contempla le petit groupe rassemblé devant lui. Ils formaient un tableau exquis devant le feu qui mourait et les ombres qui s'allongeaient. Il lui semblait étrangement normal qu'ils soient là en train de le regarder, qu'ils soient là en ce moment avec lui. Pendant un instant, il eut une vision, il les imagina tous les trois sur le perron de Mount Vernon, attendant son retour. Il voyait la petite Patsy et Jacky s'amuser sur les pelouses qui descendaient vers le Potomac. Il voyait Patsy en maîtresse de sa maison.

Il tendit la main à Jacky qui la prit avec solennité. « La Maison Blanche, dit-il. Rien ni personne sur terre ne pourra m'en barrer le chemin. »

4 mars 1797
19 heures
Philadelphie

Le dîner était familial ; exceptionnellement, il n'y avait aucun autre invité. Et pourtant, pensa Patsy avec un brin d'amusement, un dîner intime aux yeux du général signifiait qu'ils n'étaient jamais moins de huit ou dix à table.

Pendant le repas, elle obscrva Nelly et le jeune Washington et fut rassérénée en constatant que tous deux semblaient impatients de rentrer chez eux. Mais ils avaient été bien élevés. Elle avait mis longtemps à accepter que George s'occupe de l'éducation de la petite Patsy et de Jacky. Avec les enfants de Jacky, il en avait été autrement. Lorsqu'ils venaient à Mount Vernon, « Grand-papa » jouait le rôle de père. Elle n'avait pas commis l'erreur de s'interposer comme elle l'avait fait avec ses propres enfants.

Mais tout ça était si loin.

Le jeune Lafayette était plein d'entrain. Comme les autres, il avait une passion pour

Mount Vernon. Lui et son aimable précepteur seraient les bienvenus. À nouveau sa vue parut lui jouer des tours. Le jeune Lafayette ressemblait tellement à son père… Nelly était le portrait de la petite Patsy… le jeune Washington celui de Jacky. Une génération avait passé depuis qu'ils s'asseyaient tous à la table familiale. Mais tant qu'*il* était avec elle…

Il lui avait conseillé d'aller se reposer après le dîner. Une réception était prévue dans la soirée, en son honneur. Ils avaient espéré que le bel hommage donné à l'occasion de son anniversaire à peine deux semaines auparavant mettrait fin aux cérémonies. Il n'avait été qu'à moitié satisfait de ce dernier adieu, mais elle en comprenait la raison. Ses concitoyens le laissaient partir à regret, saisissant toutes les occasions de le revoir une nouvelle fois.

Nelly dit soudain : « Grand-papa, j'ai trouvé qu'on avait porté un très beau toast au dîner hier soir. »

Chaque fois que le regard de George se posait sur Nelly, il perdait son habituelle réserve et se chargeait de tendresse. Avec un léger amusement dans la voix il dit : « Je croyais que vous étiez trop intéressée par les compliments de votre voisin pour entendre tous ces toasts ridiculement pompeux. »

Le jeune Washington et Lafayette pouffèrent et Nelly secoua la tête, faisant mine d'être vexée. « Allons, Grand-papa…

– Je partage l'avis de Nelly, monsieur, dit Lafayette. J'aurais souhaité que mon père fût présent pour entendre ces paroles. » Sa voix résonna : « "Mesdames et messieurs, c'est la dernière fois que je bois à votre santé en tant que personnage public. Je le fais avec sincérité et en vous souhaitant à tous tout le bonheur possible." C'était très émouvant, monsieur.

– La femme du ministre britannique a pleuré », ajouta Nelly.

George repoussa sa chaise. « C'est qu'elle a la larme facile. » Son ton était ironique. « Ma chère... »

Patsy se leva avec lui. Ils montèrent ensemble à l'étage mais, pendant qu'elle allait se reposer, il gagna son bureau. Lear et lui devaient commencer à emballer les dossiers. Il voulait en finir avec cette maison et la quitter sans tarder. Il rechignait à la pensée de mettre en ordre ses documents présidentiels une fois chez lui, sans compter le triste état dans lequel devaient être ses papiers personnels. Il lui fallait combiner cette tâche avec la rénovation de la propriété. Il y avait beaucoup, beaucoup à faire à Mount Vernon.

Pourtant, la perspective de ces améliorations était grisante. Récemment, l'année passée en particulier, chaque fois que surgissait un problème au gouvernement, une querelle entre le Congrès et le cabinet, une situation potentiellement explosive, un sentiment de lassitude s'emparait de lui – la sensation presque physique de ployer sous le fardeau posé sur ses épaules. Il en avait plaisanté à son dernier anniversaire, disant qu'il portait une montagne sur le dos, et la plaisanterie décrivait bien ce qu'il éprouvait. Il avait vraiment la sensation qu'un poids l'écrasait.

Mais cette sensation allait se dissiper bientôt. Les papiers cessèrent de trembler dans sa main. Il se demanda si la clôture avait besoin d'être repeinte en blanc et quels autres travaux de peinture seraient nécessaires. Les visiteurs viendraient nombreux ; il ne risquait pas d'être abandonné à une retraite solitaire. Il voulait que Mount Vernon fasse l'admiration de tous. La propriété devrait être parfaite, éclatante – un joyau superbe.

George se leva. Avec son sens caractéristique de l'ordre, il plia soigneusement ses papiers et les rangea dans le tiroir du bureau. Il allait se reposer quelques minutes avant la réception. Un moment plus tard, tandis qu'il se tenait aux bras de son fauteuil pendant que Christopher lui retirait ses bottes, il notait encore mentalement les réparations mineures à faire à Mount Vernon.

Heureusement, ils arriveraient à temps pour les transplantations de printemps. Il était impatient de voir quel aspect aurait le gazon du terrain de boules cette année. Il améliorerait beaucoup la vue de la maison.

Ces projets d'embellissement ne dataient certes pas d'hier. Peu à peu il les avait réalisés. Il les avait toujours soumis au jugement de Patsy. Elle était capable d'imaginer l'effet d'ensemble d'après un croquis ou une description.

Ses bottes étaient ôtées. George remua ses pieds et se laissa aller dans son fauteuil, les yeux clos. Pauvre Patsy. Il lui avait fallu beaucoup d'imagination lorsqu'un jeune officier arrogant l'avait enlevée à la beauté tranquille de la Maison Blanche et emmenée dans cette plantation décrépite qu'était Mount Vernon...

Avril 1758
2 heures de l'après-midi
La Maison Blanche

Plusieurs semaines s'étaient écoulées entre sa visite en mars chez les Chamberlayn et l'après-midi où il remontait à bride abattue l'allée bordée d'arbres qui menait à la superbe demeure des Custis.

Durant cette période, il avait fini par venir à bout de sa maladie. Il était encore attentif à ce qu'il mangeait, mais le mal était passé. Il avait repris quelques kilos et son manteau ne pendait plus sur les épaules comme sur un squelette.

C'était sans doute sa guérison qui le rendait si guilleret ces temps derniers, mais il lui fallait bien admettre que sa rencontre avec Patsy Custis et la perspective de la revoir n'y étaient pas pour rien.

Pourtant, une certaine nervosité accompagnait cette attente. Quand il repensait à cette soirée au coin du feu dans le bureau de Chamberlayn, il se demandait s'il retrouverait auprès de la jeune femme cette même qualité d'entente et de compréhension, ou s'il s'agissait seulement d'une de ces rares et fugitives rencontres de l'esprit. C'est donc avec un sentiment d'incertitude sur l'issue de sa visite qu'il avait entrepris le trajet depuis Williamsburg jusqu'à la plantation des Custis sur la Rappahannock. Bishop l'accompagnait et claqua la langue en signe d'approbation à la vue des champs bien entretenus de la propriété. Lorsqu'ils descendirent de cheval devant le perron, un serviteur en livrée attendait pour prendre les rênes. « Vous êtes sans doute le colonel Washington. » Un sourire éclatant dévoila des dents parfaites. « On vous attend à l'intérieur. »

Tandis que George lui confiait sa monture, une fenêtre à l'étage s'ouvrit et il entendit Jacky s'écrier : « Il est là ! Il est là ! »

Il monta rapidement les marches et ses doutes se dissipèrent

Patsy se tenait sur le seuil de la porte. Elle portait une simple robe bleue qui épousait discrètement les courbes de son corps. Ses yeux brillaient aujourd'hui et la joie qui émanait de toute son attitude exprimait un accueil aussi chaleureux que le cri sonore de son fils.

Comme il s'approchait d'elle, elle tendit ses deux mains qu'il porta instinctivement à ses lèvres. Ses premiers mots furent pour lui faire compliment de sa bonne mine : « Colonel

Washington, vous semblez tout à fait rétabli. J'en suis vraiment heureuse. »

Puis, tandis qu'il pénétrait dans l'entrée à sa suite, Jacky accourut. « Je vous avais dit qu'il viendrait, maman », annonça-t-il d'un air triomphant.

Patsy rougit et George serra solennellement la main de Jacky.

« C'est uniquement parce que je craignais qu'ils ne soient déçus, expliqua Patsy. Je savais que vos plans pouvaient changer. »

Ainsi, elle aussi avait douté de sa visite, s'était demandé s'il changerait d'avis. Il s'adressa à Jacky : « Jeune homme, vous aviez raison d'être sûr de ma venue. En premier lieu, je devais remercier votre mère pour le régime qu'elle m'a recommandé. Grâce à elle, je suis complètement guéri. »

L'intérieur de la maison était tel qu'il l'avait imaginé. Lumineux et reposant, avec une légère odeur d'encaustique, des plantes vertes, quelques superbes meubles d'acajou à la belle patine. La chaleur, le confort, l'élégance, le bon goût, une atmosphère générale d'harmonie. Il songea au triste spectacle qu'offrait Mount Vernon.

Par une faveur exceptionnelle les enfants furent autorisés à dîner avec eux. Jacky mangea hâtivement et de bon appétit tout en faisant preuve d'excellentes manières à table. La petite Patsy toucha à peine au contenu de son assiette et sa mère finit par prendre une cuillère et la faire manger.

« Tu ne seras jamais forte, ma chérie, si tu ne manges pas mieux. » La voix était légèrement grondeuse, mais George comprit que la santé de l'enfant avait toujours inquiété sa mère.

Après le repas, la petite fille alla faire la sieste et George et Patsy sortirent se promener dans le parc. Jacky les accompagna. Il gambadait autour d'eux, tantôt devant, tantôt derrière.

Patsy présenta George à son régisseur. George complimenta l'homme sur le bel aspect de la plantation et se retrouva rapidement en train de commenter les mérites relatifs de plusieurs plants de tabac. Il hésitait à donner son avis, mais le sujet l'intéressait particulièrement et le régisseur des Custis était un fermier intelligent. George et lui furent bientôt plongés dans une discussion sur le bien-fondé de l'alternance des récoltes. Jacky commença à s'impatienter. D'un air distrait, George posa une main sur le bras du jeune garçon et s'étonna de le voir se calmer aussitôt. Il fit quelques observations, prenant soin de les accompagner d'un : « Bien sûr, c'est à Mme Custis de trancher mais c'est le choix que je ferais à sa place. »

Il était visible que Patsy Custis écoutait attentivement ses avis. Elle n'était décidément pas femme à savourer la liberté de prendre seule des décisions.

Lorsqu'il partit ce jour-là, ce fut avec la certitude qu'il reviendrait bientôt. Le nouveau gouverneur était attendu, et lorsque Son Excellence arriverait à Williamsburg, lui, George, serait appelé à lui rendre visite.

Il ne revint pas avant mai. La saison mondaine battait son plein à Williamsburg mais Patsy lui fit comprendre qu'elle était peu sortie et n'avait donné qu'un petit nombre de réceptions. Il comprit qu'elle était restée à la maison pour s'assurer de ne pas manquer sa visite.

Qu'elle se montrât si bien disposée à adapter ses plans aux siens lui parut à la fois agréable et troublant. Il devait retourner au front et resterait peut-être éloigné pendant longtemps. Était-il bienvenu de lui faire la cour maintenant ? Cette situation était déconcertante. Il savait que sa retenue pouvait être interprétée comme de l'indifférence ou de la morosité. Au bout d'un certain moment, l'entrain de Patsy tomba et il accorda son silence au sien.

Même les enfants perçurent le changement d'atmosphère. La petite Patsy se mit à pleurer pour un oui ou pour un non et Jacky chercha à retenir l'attention de George en bavardant de manière intempestive.

Leur mère essaya de les calmer, mais y renonça au bout d'un moment avec un petit rire navré. « Voyez-vous, colonel Washington, dit-elle, les enfants ne sont pas toujours charmants et obéissants. À dire vrai, il arrive même qu'ils soient difficiles. Bien sûr, c'est une chose qu'un père ou une mère peut comprendre. »

La phrase resta en suspens entre eux. En fait, elle reconnaissait qu'un homme n'avait pas toujours envie d'avoir la charge des enfants d'un autre. Bref, elle croyait qu'il ne lui offrirait pas de partager l'éducation des siens.

Ce jour-là, quand il partit, il lui conseilla de profiter de la compagnie de ses amis. Il n'évoqua pas l'éventualité d'une autre visite.

Pourtant, trois semaines plus tard, il était de retour. Les ordres étaient arrivés. La marche sur Fort Duquesne allait commencer. Incapable de dormir des nuits durant, George s'était alors rendu compte qu'il ne pouvait pas prendre le risque de perdre Patsy Custis.

Elle ne s'attendait certainement pas à sa déclaration. Son exclamation de joie à son arrivée se mua rapidement en une attitude polie qui ne laissait rien transparaître. À l'évidence, elle avait décrété que le colonel célibataire resterait célibataire et elle n'avait pas l'intention d'afficher ses propres sentiments.

Jacky ne fut pas sensible à ces subtilités. Son plaisir non dissimulé à la vue de son héros fut aussi sincère que bruyant. George finit par lui dire d'un ton ferme : « Jeune homme, je dois discuter d'une question très importante avec votre mère. Allez retrouver votre nurse et restez avec elle jusqu'à ce que l'on vous appelle. »

Jacky s'apprêtait à protester :

« Mais...

– Immédiatement ! »

L'ordre fut prononcé du même ton que s'il avait été adressé à un soldat récalcitrant.

Jacky se hâta hors de la pièce et George prit la main de Patsy. Il garda ses doigts mêlés aux siens tandis qu'il disait : « Je pense que nous nous heurterons de temps en temps, le jeune Custis et moi, mais cela lui fera du bien, à mon avis. »

L'étonnement de Patsy à ces mots fut aussi réel que la réaction de son fils en recevant l'ordre de quitter la pièce.

George resta un instant incapable de poursuivre, puis comme toujours il se référa à Mount Vernon :

« J'ai l'impression d'être un père qui donne en mariage une fille ingrate, sourit-il. Et pourtant, comme ce père, j'espère que les yeux d'un autre pourront déceler la beauté cachée qu'elle recèle. »

Il porta les mains de Patsy à ses lèvres. « Patsy, durant toutes ces semaines, je n'ai pensé qu'à vous. Il n'y aura plus jamais aucune joie pour moi si je pars sans savoir que vous et vos enfants vous attendrez mon retour. »

Elle rougit comme une jeune fille qui entend sa première déclaration d'amour. Amusé à cette pensée, George se permit de l'attirer plus près. Elle avait été mariée pendant presque dix ans, elle avait été mère quatre fois, et pourtant c'était lui, le célibataire, qui était le moins nerveux des deux.

Soudain, le souvenir de Sally Fairfax lui vint à l'esprit. Lorsqu'il dansait avec elle, sa haute taille s'accordait avec sa silhouette élancée.

À l'opposé, dès l'instant où il prit Patsy Custis dans ses bras, au contact de sa silhouette menue, il se sentit submergé par un sentiment protecteur.

Si Sally se mesurait à lui, Patsy lui donnait confiance en lui. Avec elle, il trouverait à l'extérieur des défis à relever – en s'occupant de sa propriété, en menant une carrière politique à la Maison des Bourgeois, en mettant un terme à cette interminable guerre.

Une main posée sur sa nuque, il lui releva le menton. Le sourire sur ses lèvres et dans ses yeux ne révélait aucune trace de timidité. C'était l'expression d'une femme habituée à être aimée.

Pour la première fois, il l'embrassa sur les lèvres. Et à nouveau, involontairement, il la compara à Sally. Même les baisers désinvoltes qu'il avait échangés en public avec Sally – au moment des adieux ou des retrouvailles après une longue absence – accéléraient son pouls. Sur les lèvres de Patsy Custis, il goûtait une sensation de chaleur… et plus encore. Leur baiser aurait pu être la preuve d'affection d'époux depuis longtemps habitués l'un à l'autre. Il semblait qu'il n'y eût aucune hésitation, aucune timidité dans leur amour, mais plutôt une immédiate et délicieuse satisfaction.

Patsy éprouvait visiblement la même impression. Elle éleva ses deux mains et prit son visage entre ses paumes. « Mon ami, dit-elle en souriant, vous offrez de nous accueillir, moi et mes enfants, dans votre très cher Mount Vernon, pour vous empresser ensuite d'en souligner tous les défauts. Vous aviez l'air si malheureux tout à l'heure. »

Ils rirent de bon cœur. C'était la première fois qu'elle l'appelait son ami, et il sut que ce ne serait pas la dernière.

La perspicacité de Patsy n'était pas nouvelle pour lui. D'un côté, elle pouvait être une femme d'une extrême féminité, désireuse qu'un homme prenne les décisions à sa place, de l'autre, elle était si intuitive qu'il avait parfois le sentiment qu'elle lisait dans ses pensées.

Il l'avait imaginée partageant son foyer, assise à côté de lui à la table, jouant son rôle de maîtresse de maison. Il s'aperçut qu'il n'avait jamais pensé qu'elle pourrait partager ses espoirs, ses rêves, ses projets. Cette perspective le ravit.

« Devons-nous rappeler notre jeune maître Custis ? dit-il en riant. Je suis sûr qu'il est furieux contre moi et il est grand temps que je revienne dans les bonnes grâces de mon nouveau fils. »

Juin 1758
La garnison
Winchester

Sa santé définitivement rétablie, il regagna la garnison de Winchester. Enfin, semblait-il, on allait tenir compte de ses arguments pour amener la guerre sur le territoire français – non qu'il prétendît que la stratégie militaire avait changé à cause de lui, mais les attaques brutales des sauvages sur les colons, les raids et agressions sans relâche prouvaient clairement que l'ennemi devait être détruit à la source. La visite à Williamsburg pour expliquer la situation au Congrès n'avait pas été vaine. George avait pu constater que beaucoup de représentants avaient été convaincus par la fermeté de ses déclarations : « Le Français doit purement et simplement être chassé de l'Ohio. »

Deux changements lui facilitèrent la tâche. Le fait que le général Forbes prît le commandement et la nomination du gouverneur Fauquier. George les convainquit de la nécessité d'aller vite. La rapidité était essentielle. Les Indiens qui leur étaient favorables commençaient à s'impatienter et il s'agissait d'alliés précieux qu'on ne pouvait se permettre de perdre. Il fut envoyé avec son régiment à Fort Cumberland. Et, à la fin, des plans concrets furent établis pour faire le siège de Fort Duquesne.

Une fois le fort repris, il quitterait l'armée. Son but serait atteint.

Il y avait beaucoup à faire. Mais ces soirées étaient moins pénibles depuis que le projet de vivre à Mount Vernon était devenu une réalité. Bientôt il épouserait Patsy Custis. Bientôt il poserait sa candidature pour siéger à la Maison des Bourgeois

Il consacrait tout son temps libre à organiser les modifications et réparations prévues à Mount Vernon et à adresser des lettres détaillées à l'entrepreneur qui en était chargé. George William Fairfax surveillait la progression des travaux et lui en rendait compte.

Il avait essayé d'écrire à Sally pour la prévenir de ses fiançailles. Douze fois, il avait commencé une lettre, douze fois il l'avait déchirée. Et, pour finir, elle apprit la nouvelle par quelqu'un d'autre, probablement une personne de Williamsburg à qui Patsy s'était confiée.

Sa lettre avait un ton badin et moqueur pour évoquer la jolie veuve à laquelle il faisait la cour. Mais sous la désinvolture perçait une nuance de tristesse.

Sally serait sincèrement heureuse de le voir marié et installé à Mount Vernon. Elle aimait tendrement son mari mais il n'était pas prétentieux de sa part de croire qu'elle avait un faible pour lui. Ce n'était pas simplement une attirance à sens unique.

Supposons qu'ils se soient connus alors qu'elle était encore libre, avant qu'elle n'épouse George William.

Il sourit malgré lui à cette pensée. Lorsque Sally avait épousé George William, elle avait dix-huit ans. À cette époque lui-même n'en avait que seize. Elle n'aurait sans doute pas accepté qu'il lui fasse la cour.

Mais dix ans s'étaient écoulés depuis. La différence d'âge entre lui et Sally ne signifiait plus rien. S'ils se rencontraient aujourd'hui pour la première fois... s'ils étaient libres... que se passerait-il ? Il aborda franchement la question qui le tourmentait en secret. Si Sally était toujours libre, regretterait-il de ne plus l'être ? En proie à un tourment intérieur, il lui écrivit : « Ne vous moquez pas quand vous savez qui j'aime réellement. »

Elle traita sa lettre à la légère. Il insista : « Pouvez-vous véritablement vous méprendre ? »

Tandis qu'il attendait sa réponse, George avait l'impression de tourner à vide. Il donnait machinalement des ordres, préparait la marche sur Duquesne. C'était un bon soldat, un bon commandant. Il pouvait se fier en partie à son instinct pour prendre une décision et la mener à bien. Il avait l'impression d'être un spectateur sur une haute colline regardant les gens massés dans la vallée en bas. Il avait l'impression de s'observer lui-même.

Et, comme toujours, ce fut Mount Vernon qui le sauva. Ses lettres à Patsy étaient froides, traitaient de sujets pratiques. Il les signait : « Votre ami affectueux. » Ensuite, il s'attendait à des reproches.

La lettre que lui adressa Patsy en retour était pleine de questions concernant Mount Vernon. Aurait-il la gentillesse de lui faire un croquis de la maison ? Elle apporterait quelques meubles de la Maison Blanche. Mais d'abord elle voulait qu'ils lui plaisent, qu'ils se marient parfaitement avec les siens. Pouvait-il lui dire à quoi ressemblaient la porcelaine, le linge de maison... les tableaux. Quelles pièces du mobilier de la Maison Blanche aimerait-il voir à Mount Vernon ?

Un soupir échappa à George. Comme une brise fraîche chassant la touffeur de la journée, ces mots effacèrent l'agitation fébrile, les émotions oppressantes des semaines passées. Il s'assit à son bureau, étala la lettre en face de lui et prit une plume et une feuille de papier. Il fronça les sourcils sous l'effet de la concentration, cherchant à se rappeler exactement les meubles qui occupaient actuellement la maison et ceux qu'il avait commandés à son régisseur.

Plongé dans ses méditations, il oublia que le courrier ne lui avait apporté aucune lettre de Sally. Il oublia même qu'il en avait espéré une avec impatience. Son humeur n'était plus au tourment ni à l'anxiété, mais à l'attente et aux projets. Il plongea sa plume dans l'encre et commença :

« Ma très chère Patsy... »

4 mars 1797
9 heures du matin
Philadelphie

Près de trois cents personnes assistèrent au dîner d'adieu. Il eut lieu au Rickett's Amphitheater et demanda de longs préparatifs. La majorité des invités se retrouvèrent d'abord à l'hôtel Oeller voisin puis se dirigèrent vers l'amphithéâtre au son de la *Marche de Washington*.

La fierté de Patsy lors de cette dernière cérémonie organisée en l'honneur de son mari n'échappa pas à George. Pour sa part, il désirait surtout la voir terminée. Ses pensées se bousculaient – les préparatifs du départ commenceraient dès le lendemain matin. Combien de jours leur faudrait-il ? Trois, quatre, pas davantage en tout cas.

Nelly était délicieuse avec ses cheveux rassemblés au sommet de sa tête, ses épaules et son cou laiteux jaillissant au-dessus de sa robe décolletée. De nombreux jeunes gens tournaient déjà autour d'elle, mais elle ne s'intéressait à aucun. Bon, le temps viendrait assez tôt. Il n'était pas pressé de la perdre. Patsy et lui aimaient voir la jeunesse s'égayer autour d'eux.

Le bruit lui était parvenu qu'une surprise lui était réservée ce soir-là, mais il ne s'attendait pas que l'on dévoile sous ses yeux un magnifique tableau le représentant, une huile sur toile de Charles Peale, un peintre dont George appréciait le travail. Il apparaissait en pied. Le résultat était assez ressemblant, pourtant Dieu sait qu'il n'aimait pas les portraits de lui en général. Sans vanité, il avait l'impression que, sur la plupart, il avait une expression de raideur qui n'était pas typique de son caractère. Bien sûr ces horribles dents qu'il n'avait jamais cessé de maudire étaient présentes à son esprit quand il posait et peut-être cet air embarrassé reflétait-il la vision de l'artiste.

Ce n'était pas l'avis de Patsy. Elle trouvait regrettable qu'il n'existât aucun artiste peintre capable de saisir véritablement sa personnalité. Elle examina le tableau et, sentant le regard furtif de George, lui pressa la main. « Mon cher vieil ami », murmura-t-elle, si doucement qu'il eût été impossible pour une autre oreille que la sienne de l'entendre.

Dans le tableau de Peale, la « Renommée » tenait une couronne de laurier au-dessus de la tête de George. Plusieurs personnages se pressaient tout autour dont quelqu'un expliqua qu'ils symbolisaient la reconnaissance du peuple.

Dans le fond du tableau, Peale avait esquissé Mount Vernon. Une lueur amusée traversa le regard de George. Si la scène entière était un peu trop sentimentale à son goût, il était sincèrement reconnaissant à Peale d'avoir si bien saisi l'extraordinaire beauté de Mount Vernon.

Puis le mouvement d'humeur passa et George se rendit compte qu'il n'était qu'une façon de dissimuler une émotion profonde. Cette réunion était en vérité charmante, tout comme cet hommage. Beaucoup se réjouiraient avec le journaliste Bache que son administration touche à sa fin, mais plus nombreux encore, bien plus nombreux, étaient ceux qui pensaient qu'il avait accompli sa tâche au mieux.

Il s'avoua qu'il aurait souhaité que sa mère fût présente pour partager cet hommage. Il y avait eu peu d'occasions dans sa vie d'adulte où il avait regretté sa présence, mais il savait qu'elle aurait été heureuse d'être là. Voilà longtemps, il lui avait dit qu'il s'était efforcé de vivre en accord avec la devise familiale, et la famille Ball avait choisi une noble devise : « Aspire au ciel. »

Un dîner suivit l'investiture. Non pas un dîner, en réalité, mais un festin. George parcourut la table du regard. Tant de ces gens allaient disparaître de sa vie à jamais. Les ambassadeurs changeaient, les représentants élus rentraient chez eux, soit de leur propre gré, soit par la volonté publique – aucune société n'était aussi changeante que celle qui était composée de représentants du peuple. Beaucoup de ces gens avaient été invités fréquemment à la résidence officielle. Quelques-uns longeraient la rive du Potomac pour lui rendre visite, mais pour la plupart, il s'agissait d'un véritable adieu.

Il prit son couteau et sa fourchette. Sous la note de mélancolie, une certaine exaltation s'emparait de lui. Lorsque Patsy et lui auraient fini de dîner, ils pourraient décemment se retirer. Il pourrait même passer une heure ou deux à trier ses papiers cette nuit. Si Lear avait apporté les caisses, il pourrait commencer à les remplir.

Peu après, il prit le bras de Patsy. « Ma très chère ? » Son hochement de tête fut presque imperceptible. Mais il répondait à deux questions. Non, il n'était pas trop tôt pour se retirer ; oui, elle était prête à partir.

Lorsqu'ils s'apprêtèrent à quitter la salle, l'assistance se leva. L'orchestre se mit aussitôt à jouer et applaudissements et musique se mêlèrent joyeusement.

Une fois dans la calèche, ils se laissèrent aller dans leur siège avec un soupir. « Il paraît qu'ils vont porter un toast en votre honneur », dit

Patsy. Elle se concentra. « Il commence ainsi : “Puisse le soir de votre vie être aussi heureux que furent honorablement utiles le matin et le zénith de votre destinée.” Jefferson m'a dit qu'ils l'avaient choisi entre plusieurs autres. Je le trouve poétique et des plus appropriés.

– Le soir de ma vie sera honorablement utile durant ces prochains jours, répliqua George. Patsy, je redoute réellement les préparatifs de ce départ. Nous avons accumulé tant de choses. Les chariots vont s'écrouler sous le poids de tout ce que nous emportons à Mount Vernon. »

Le cocher engagea les chevaux dans l'allée de la résidence officielle. La voiture oscilla un peu et Patsy s'appuya contre lui, s'attardant un instant contre son épaule. « Vous avez utilisé exactement les mêmes mots lors d'un autre voyage, lui rappela-t-elle. Vous en souvenez-vous ? »

La calèche s'arrêta et Christopher attendait déjà pour ouvrir la portière. George marqua une pause avant de descendre. « Bien sûr que je m'en souviens », répondit-il calmement. Il descendit et tendit la main pour aider Patsy. « C'était au printemps 1759, le jour où j'ai amené la nouvelle Mme Washington et ses enfants à Mount Vernon pour la première fois. »

6 janvier 1759
La Maison Blanche

Ils se marièrent le 6 janvier 1759. Tant bien que mal, il survécut – survivre n'était pas le mot exact, naturellement. Peut-être décrivait-il la façon dont il affronta la foule, les festivités, l'ennui d'être le centre de l'attention générale dans une histoire qui n'avait aucun élément de familiarité. Il eût préféré affronter une autre bataille de Monongahela.

Mais la cérémonie elle-même fut très différente. Debout à son côté, Patsy lui fit à nouveau penser à la poupée de Betty. Même avec ses cheveux ramenés au sommet de la tête, elle lui arrivait à peine à l'épaule. Elle portait une robe de brocart jaune qui s'ouvrait devant sur un jupon blanc et argent, des escarpins de soie violette et un rang de perles. Il était vêtu de son uniforme bleu et rouge. Lorsqu'ils échangèrent leurs vœux, il parvint à oublier l'assistance et le fait qu'il était purement et simplement incapable de parler en public ; il ne voyait que son regard chargé d'un mélange de bonheur et d'inquiétude à son égard, à la fois maternel et enfantin – comment une femme pouvait-elle être les deux à la fois ?

Ensuite, la soirée s'éternisa pendant des heures. Le gouverneur lui-même y assistait ainsi que la moitié du corps législatif. George bougonna en constatant que la Maison Blanche ne désemplissait pas d'invités. Ils parvinrent finalement à s'éclipser. Avant qu'ils n'atteignent leurs appartements, ils s'arrêtèrent pour jeter un coup d'œil aux enfants endormis. Patsy les embrassa sur le front et il faillit suivre son exemple puis se ravisa. À Dieu ne plaise que Jacky se réveille à ce moment précis.

Puis la porte de la chambre se referma et ils furent seuls. Seuls. Il savait bien qu'un mouvement, un geste, était attendu de sa part. Mais il se sentait paralysé et, pour la première fois depuis l'âge de seize ans, désespérément conscient de sa haute taille.

Et naturellement Patsy comprit son embarras. Elle vint vers lui et dit d'un ton naturel : « J'ai dit à mes femmes de chambre d'aller se coucher sans attendre. Voulez-vous... ? » À tâtons, maladroitement, il défit le fermoir de son collier.

Elle se tourna alors vers lui. Son sourire était doux et aimant. « Ce fut une terrible épreuve pour vous, n'est-ce pas ? » Un rafraîchissoir était placé sur la table près de la cheminée. Elle versa le sherry dans deux verres, lui en tendit un, puis, s'asseyant dans un des fauteuils près de la cheminée, elle ôta ses escarpins. « Mon pauvre ami. » Devant son ton affectueux, il s'installa avec hésitation en face d'elle.

« Je suis flattée que le gouverneur se soit déplacé, dit Patsy. Cela prouve la bonne opinion qu'il a de vous. Il refuse des douzaines d'invitations aux réceptions qui ont lieu à Williamsburg même. Et aujourd'hui, il a fait ce voyage uniquement pour assister à votre mariage.

– Il est possible qu'il soit venu en honneur de la ravissante jeune mariée. »

George s'aperçut avec soulagement qu'il avait retrouvé sa voix.

Patsy secoua la tête. « Je crois que la mariée se fondait agréablement dans l'ombre projetée par le marié. » Elle se glissa hors de son fauteuil et se dirigea vers lui. Prenant sa main droite dans ses deux mains, elle l'éleva vers son visage. « La mariée sera toujours heureuse de vivre dans cette ombre. »

Janvier-mars 1759
Williamsburg

Ils passèrent la fin de l'hiver et le début du printemps dans la maison des Custis à Williamsburg où George, nouveau membre de la Maison des Bourgeois, assistait aux séances de l'Assemblée.

Williamsburg fut très animé cette saison-là, affichant une gaieté qui reflétait la satisfaction d'avoir repris Fort Duquesne. Pour George, cette vie mondaine fut une révélation. Il assista aux bals avec Patsy à son bras, découvrant qu'il ignorait jusqu'alors en quoi consistaient ces brillantes réceptions. Lorsqu'ils rentraient de leurs soirées, ils restaient longtemps éveillés dans leur lit. La tête posée sur son épaule, elle lui rapportait qui avait dit quoi, qui était avec qui, les subtilités et les sous-entendus qui semblaient être la prérogative du sexe féminin.

Il constata que les informations de Patsy étaient toujours parfaitement exactes. Si elle apprenait par l'une ou l'autre des invitées que son mari soutiendrait une mesure à l'Assemblée, ou que le gouverneur était mécontent d'une proposition de loi, et ceci avant même que Son Excellence ait fait part de son insatisfaction, elle avait inévitablement raison. George découvrit qu'au lieu de dire d'un ton indulgent « Ma chère Patsy, comment vos amies peuvent-elles être au courant de telles questions ? », il attendait impatiemment ses dernières informations.

Il lui dit un jour avec un rire désabusé : « S'il me fallait à nouveau régler un conflit militaire, la tentation serait grande d'utiliser une de ces dames comme espionne. Je gagnerais la guerre en une semaine. »

Il avait craint que le célibat soit une habitude difficile à rompre. Il était accoutumé à vivre seul, à n'être responsable de personne sur le plan familial. Or, ses craintes étaient vaines, la personnalité de Patsy s'accordait si bien avec la sienne qu'on eût cru qu'elle avait toujours partagé sa vie.

Il savait qu'il restait souvent silencieux – l'habitude, sans doute, des longues heures solitaires à Mount Vernon avec les domestiques pour toute compagnie. Ou le souvenir de la voix coléreuse de sa mère qui le faisait rentrer dans sa coquille lorsqu'il était enfant.

Si Patsy le trouva trop silencieux, elle n'en manifesta rien. Elle bavardait, se contentant d'un hochement de tête de sa part ou d'une réflexion à l'occasion. Par ailleurs, elle appréciait son calme. Car sa seule faiblesse était son inquiétude permanente pour ses enfants. Lorsque la petite Patsy refusait de manger, sa mère était au bord des larmes. Et Jacky était un enfant vif, énergique, toujours en train de courir, qui semblait prendre plaisir à terrifier sa mère en accomplissant toutes sortes d'acrobaties en sa présence.

Patsy confia volontiers toutes les questions financières au soin de son nouveau mari. Elle lui rapporta qu'elle était une maîtresse de maison plutôt économe, peut-être trop dépensière en ce qui concernait ses toilettes, mais il n'avait qu'à lui faire part de ses remarques – cela de la part d'une femme dont les biens étaient supérieurs aux siens.

En revanche, elle n'acceptait ni conseil ni aide concernant les enfants. Lorsqu'il suggéra timidement que la petite Patsy montrerait peut-être plus d'appétit si on ne faisait pas autant d'histoires aux repas, sa femme entra dans l'un de ses rares accès de colère :

« C'est facile de donner des conseils quand vous n'avez pas vu un bébé avoir une syncope... ne pas prendre un gramme alors que les enfants de son âge ont deux fois sa taille, sans parler de son frère et de sa sœur. » L'éclat s'achevait dans un sanglot et un frémissement de la lèvre supérieure. George résolut désormais de se retenir d'intervenir dans les inquiétudes de Patsy au sujet de sa petite fille.

Il en était autrement avec Jacky. George ne voyait aucune raison valable pour qu'un garçon de presque six ans terrifie sa mère en déboulant dans les escaliers, échappe au domestique, Julius, chargé de le garder, et reste caché tandis que toute la maisonnée fouillait les alentours à sa recherche et que sa mère était au bord de la crise de nerfs.

C'était justement ce qui venait d'arriver ce soir-là lorsqu'il revint de l'Assemblée. Julius était en larmes, expliquant qu'il avait quitté maître Jacky pendant une minute, à peine une minute, pendant que le jeune maître était au lit pour sa sieste, et quand il était revenu, le garçon avait disparu.

Tout eût été plus facile si Patsy avait pleuré ou était devenue hystérique, mais son visage tiré et blême, sa voix blanche, à peine audible, effrayèrent George plus que n'importe quelle crise.

Pour sa part, il n'éprouvait aucune inquiétude pour Jacky. Il ne croyait pas à un kidnapping, pas plus qu'il ne croyait que l'enfant avait quitté les lieux et errait dans les alentours de Williamsburg. Pas plus tard que l'autre soir, il avait parlé de cachettes dans la maison, expliquant qu'il pourrait y rester longtemps sans que personne ne puisse le trouver.

George réunit les domestiques. Ils avaient cherché dans plusieurs directions, certains dans la rue, d'autres dans le jardin. Plusieurs d'entre eux parcouraient la ville.

« Je crois que notre jeune maître Custis se moque de nous, dit-il. Je suis sûr qu'il se cache à l'intérieur de la maison, peut-être même dans sa chambre. Fouillez soigneusement chaque placard, sous le lit, derrière chaque meuble jusqu'à ce que vous le trouviez. »

Les domestiques le regardèrent d'un air incrédule. Un brin d'espoir naquit sur le visage de Patsy, puis elle se reprit et secoua la tête. Tandis que les serviteurs s'éparpillaient, elle dit : « Jacky ne me ferait jamais une chose pareille – m'effrayer pour rire. »

George détacha son ceinturon d'un geste lent et délibéré. Il luttait contre le temps. C'était important. Si Patsy pouvait seulement comprendre que les bêtises de Jacky n'étaient qu'un moyen de chercher la frontière où il devait s'arrêter, obéir, elle lui permettrait de l'aider à élever son entêté de fils.

Il se rappela sa mère et la cravache qu'elle gardait attachée à sa ceinture. Du plus loin que remontaient ses souvenirs, il en avait voulu à sa mère et à sa main armée de ce fouet, mais à sa manière Jacky montrait clairement qu'il ne voulait pas de cette liberté illimitée.

Il essaya d'imaginer un camp où chaque soldat suivait ses propres caprices sans craindre de punition de la part du commandant. Ce serait le chaos – le genre de chaos que le jeune maître Custis se plaisait à provoquer.

Un cri parvint de l'escalier : « Oh, maître Jacky... »

Patsy apparut soudain, son visage rougi, puis pâle à nouveau. « Est-ce qu'il... est-il blessé ? »

Mais, un moment plus tard, Julius descendait l'escalier, tenant Jacky par le bras. Le visage du domestique reflétait un mélange de soulagement et de contrariété. « Colonel Washington, sir, il se cachait... exactement comme vous l'avez dit. Il se cachait seulement... dans la penderie... et pendant tout ce temps... sa pauvre maman...

– Merci. »

Le ton de George congédiait l'homme qui quitta la pièce. L'expression triomphante de Jacky passa d'une joie malicieuse à la crainte en voyant le visage impassible de George. Il regarda sa mère. Patsy pleurait à présent, de grosses larmes silencieuses qui roulaient les unes à la suite des autres sur ses joues. Jacky chercha son regard, mais George le prit par le bras et le fit pivoter vers lui.

« Où étiez-vous ? »

Le ton aurait fait blêmir un officier subalterne.

– Oh, sir, je ne savais pas que vous étiez à la maison. Je croyais que vous ne rentreriez pas tout de suite. »

Jacky parut se rendre compte qu'il ne pourrait pas se sortir de la situation comme ça.

« Je vous ai demandé où vous étiez.

– Oh, c'était juste un jeu, Poppa. » Jacky tenta un sourire charmeur. « Je me cachais, c'est tout. C'était amusant, tout le monde m'appelait...

– Et l'inquiétude de votre mère. Est-elle amusante ? »

Jacky jeta un regard en coulisse vers sa mère puis détourna rapidement les yeux. « Oh, maman ne s'est pas beaucoup inquiétée. Elle sait que ce n'était qu'un jeu.

– Vraiment ? »

George sentit sa colère sur le point d'exploser. Il serra les lèvres pour se contrôler. Quand il parla à nouveau, sa voix était coupante comme de la glace : « Maître Custis, filez dans votre chambre. Je vous y rejoins, et, je vous l'assure, vous n'aurez plus envie de recommencer ce genre de plaisanterie d'ici longtemps. »

Jacky se détourna et se précipita vers sa mère, blottissant sa tête contre ses genoux. En un instant, George le rattrapa. Il saisit le garçon par l'épaule, leva la main et flanqua à Jacky une tape retentissante sur le fond de son pantalon. « Je vous ai dit de monter dans votre chambre. »

Pleurnichant, Jacky fila hors de la pièce et George s'apprêta à le suivre. Mais Patsy le retint par la main. « Vous ne devez pas le punir – je ne le veux pas – vous ne devez pas. »

George baissa les yeux vers elle, sans sourire. « Vous croyez sérieusement que je vais permettre à Jacky de vous inquiéter à ce point et de mettre la maison entière sens dessus dessous ?

– Parlez-lui, mais gentiment. Expliquez-lui, mais ne lui faites pas peur. Vous ne devez pas lever la main sur lui, jamais.

– Un enfant ne peut pas grandir sans discipline.

– Je refuse que vous le frappiez. »

George sentit la colère monter à nouveau en lui. « Et moi, j'aimerais pouvoir vous empêcher de le gâter. »

Il sortit d'un pas furieux de la maison. Pendant plus d'une heure, il arpenta les rues de Williamsburg. Patsy avait tort, tort, mille fois tort. L'autre nuit encore elle avait gémi dans son sommeil avec une telle détresse qu'il l'avait réveillée. Elle lui avait alors raconté le rêve qui revenait la hanter de temps en temps. Elle marchait dans un cimetière dans lequel il n'y avait que quatre tombes. Elle s'arrêtait devant chacune d'entre elles. Deux portaient le nom des deux enfants qu'elle avait déjà perdus – la délicieuse Frances de quatre ans et le petit Daniel âgé de trois ans. Mais les deux autres étaient gravées elles aussi. L'une au nom de Patsy Custis, l'autre de John Parke Custis.

« J'enterrerai tous mes enfants », avait sangloté Patsy en finissant de raconter son rêve. « Je le sais. Je l'ai toujours su. »

Une telle angoisse. Certes, la petite Patsy était une enfant fragile. Qui aurait pu reprocher à sa mère d'être inquiète ?

Mais cette angoisse perdrait Jacky. George suivit aveuglément la direction où le conduisaient ses pas. Que faire ? Il finit par regagner la maison. Lorsque Patsy et lui auraient leurs propres enfants, ses craintes s'apaiseraient. Occupée avec d'autres bébés, elle pourrait relâcher l'attention qu'elle portait aux deux premiers. Jusque-là, il ne fallait pas que Jacky devienne un point de friction. Ce n'était vraiment pas sa faute si sa mère s'aveuglait à ce point. George sourit presque. Il éprouvait beaucoup d'affection pour ce magnifique enfant et, à dire la vérité, il était flatté de l'admiration qu'il lui vouait. S'il ne pouvait pas employer la discipline pour réfréner l'espièglerie et l'insouciance de Jacky – c'était une bataille pour lui faire apprendre ses leçons –, il pourrait toujours le guider de son mieux.

Il s'engagea dans l'allée de la maison. Il était attendu, car Bishop lui ouvrit immédiatement la porte. L'homme s'inclina sans parler.

Patsy se tenait dans l'entrée. Elle avait troqué sa robe matinale contre une robe d'après-midi vert pâle soulignant le reflet doré qui dansait au fond de ses yeux. Seules ses paupières légèrement gonflées témoignaient de son récent accès de colère. Elle se hâta vers lui, prête à le débarrasser de son chapeau. « Avez-vous fait une agréable promenade ? » Sa voix était calme bien qu'il y décelât une certaine nervosité.

En faisant preuve de tact, il pourrait encore sauver un reste d'autorité dans son rôle de beau-père. Patsy était visiblement sur la défensive. « Une promenade permet de réfléchir... » Il avait pris un ton indifférent.

« Oh, mais j'ai réfléchi, moi aussi. Vous avez tout à fait raison. Jacky s'est mal conduit. Je l'ai envoyé se coucher sans dîner. » C'était pour elle une immense concession.

Il eut un sourire las. « Donc notre jeune maître Custis n'échappe pas entièrement aux conséquences de ses exploits. Ceci, je suppose, est rassurant.

– Non, non... et je lui ai dit qu'il ne doit pas vous en vouloir. »

George s'apprêtait à dire que la question n'était pas de lui en vouloir ou non, mais il n'en fit rien. « J'irai lui parler moi-même.

– Mais vous ne...

– Non, ma chère, je ne lèverai pas la main sur lui. »

Il monta dans la chambre de Jacky. L'enfant était au lit mais il ne dormait pas. Il se redressa brusquement quand George alluma la bougie à côté de son lit. George fit signe à Julius de quitter la pièce et se pencha sur le lit. « Vous n'avez pas à vous inquiéter. Je n'ai pas l'intention de vous infliger la punition que vous méritez amplement. »

Jacky n'eut pas l'air soulagé pour autant. « Je regrette de vous avoir fâché, Poppa.

– Et votre mère...

– Maman a dit qu'elle savait que je ne voulais pas être méchant...

– Je vois. » George remarqua un plateau sur la commode. « Je croyais que vous aviez été envoyé au lit sans dîner.

– Oui... sans un vrai dîner. Mais maman a dit que je pouvais avoir du pain, de la confiture et du lait si j'avais trop faim. »

Sans un mot, George tourna les talons. Mais il n'eut pas le temps d'atteindre la porte que deux bras se jetaient autour de ses jambes. Il sentit le corps de Jacky secoué de sanglots quand il se baissa pour soulever l'enfant dans ses bras.

« Allons, que se passe-t-il ? Votre mère va croire que je vous ai fouetté... » Il tenait l'enfant serré contre lui, lui caressant les cheveux d'une main.

« Je ne veux pas que vous soyez fâché contre moi, sir. Je ne me cacherai plus. Je ne le ferai plus. Je vous en prie, ne soyez pas fâché. »

George demanda : « Voulez-vous me faire plaisir maintenant ? »

Un hochement de tête vigoureux lui répondit.

« Bon. »

George porta Jacky jusqu'à la commode et ensemble ils contemplèrent le plateau disposé de façon alléchante. À la vue du pain grillé, du pot de confiture et du pichet de lait froid, George se rendit compte qu'il lui tardait de passer à table. « Avez-vous très faim ? » Jacky hocha la tête. « Si vous voulez me faire plaisir, punissez-vous vous-même. Ne touchez pas à ce plateau – ne mangez rien jusqu'au petit déjeuner. Est-ce possible ? »

Jacky hocha la tête à nouveau. George ramena l'enfant à son lit. Il le serra tendrement contre lui avant de le coucher et de le border. Il avait acquis l'amour de Jacky et, s'il arrivait à lui imposer une certaine autorité, il pourrait en faire quelqu'un de bien. Le temps le dirait.

Il se pencha sur la table et souffla la chandelle. « Bonne nuit, mon garçon », dit-il doucement.

2 avril 1759
Millbank et Ferry Farm

À la fin de la session de l'Assemblée, ils partirent pour Mount Vernon. Le 2 avril, le cortège s'ébranla de Williamsburg avec caisses, coffres et mobilier.

George éprouvait des émotions mitigées. D'un côté, il avait hâte de se retrouver chez lui, d'accueillir le printemps sur ses terres, de parcourir ses champs à cheval et de revoir la plantation. De l'autre, il était conscient que Mount Vernon était une maison de petites dimensions – petite en comparaison de celle de sa sœur Betty. Patsy serait-elle déçue ?

Il chassa cette pensée. Patsy ne serait certainement pas déçue. Il lui avait déjà exposé ses projets d'agrandissement. Mais à quoi ressemblait la maison à l'intérieur ? Il avait chargé George William de s'occuper des améliorations, mais personne n'avait vraiment la responsabilité du ménage et de l'entretien. Il aurait dû envoyer des instructions à l'avance.

Ils avaient prévu de s'arrêter chez Betty pour la nuit. Les enfants étaient ravis à la perspective de rencontrer leurs nouveaux cousins et George ne doutait pas que sa sœur et Patsy s'entendraient. Betty s'était longtemps moquée de ses manies de célibataire. Leur affection mutuelle n'avait jamais fléchi et, chaque fois qu'il lui rendait visite dans sa ravissante demeure de Fredericksburg, elle tentait de le convaincre qu'il avait besoin d'une épouse. Il se doutait bien que Betty avait deviné son attachement pour Sally Fairfax quand elle lui suggérait de trouver une jeune fille aimable et sérieuse et de ne pas finir sa vie en célibataire ronchon.

Ces sermons étaient toujours délivrés en présence de son mari. Fielding Lewis et George étaient amis de longue date. Fielding Lewis avait conquis Betty en lui promettant qu'il lui offrirait la plus belle maison de Virginie. Il avait tenu sa promesse. Mais il avait gagné son amour grâce à ses seules qualités. Aujourd'hui, ils avaient deux garçons et leur foyer respirait le bonheur. Lorsque Betty harcelait un peu trop son frère sur son entêtement à rester célibataire, Fielding disait gentiment : « Ma chère, votre ressemblance avec votre mère est particulièrement frappante, ce soir. » Betty prenait aussitôt l'air chagrin. « George sait que je plaisante, n'est-ce pas ? Très bien, n'en parlons plus. »

George admirait sincèrement le tact de Fielding, sa manière de s'y prendre avec sa plus jeune sœur, et était impatient de lui présenter sa nouvelle famille.

Et, bien sûr, il y avait sa mère.

Ferry Farm n'était pas éloignée de la propriété de Betty et il emmènerait Patsy visiter la froide et triste maison où il avait grandi. Il désirait revoir sa mère, il désirait qu'elle fasse la connaissance de Patsy, pour la seule raison qu'en sa présence ses faits et gestes n'avaient plus rien de prestigieux. Après une ou deux réflexions de sa part, il n'était plus le commandant qui avait permis de sauver sa colonie d'un terrible danger, il était le sot qui avait laissé sa plantation dépérir tandis qu'il perdait son temps à jouer à la guerre.

Bientôt les pensées de George furent ramenées au présent. La petite Patsy pleurait, elle voulait une de ses poupées préférées qui se trouvait sans doute au fond d'une caisse. Mais laquelle ? On ne pouvait pas toutes les défaire. George ordonna au convoi de s'arrêter. Patsy et les enfants voyageaient dans la calèche. George approcha son cheval. Patsy le regarda, perplexe. Son bras entourait la petite fille et elle lui tapotait l'épaule. « Allons, chérie, disait-elle, Poppa va trouver ta poupée. »

Jacky, qui boudait parce qu'il n'avait pas eu l'autorisation de monter son poney, décida soudain de se comporter en adulte. « Maman, ne lui dites pas que vous allez chercher sa poupée. Poppa ne peut pas fouiller toutes les caisses. Elle devra simplement s'en passer jusqu'à ce que nous arrivions à Mount Vernon dans quelques jours. »

Sur ce, les pleurs de la petite Patsy redoublèrent. Jacky jeta un regard d'homme à homme à son beau-père. « Jeune homme, vous avez un certain talent pour la diplomatie », murmura George. Il se rendit compte qu'il était ridicule d'essayer de résoudre une crise familiale du haut de sa monture, la tête penchée à l'intérieur de la calèche. Mettant pied à terre, il alla prendre la fillette dans ses bras. « Allons, plus de larmes. » Il sortit son mouchoir et sécha ses yeux. « Regarde-moi, commanda-t-il. Quelle caisse allons-nous fouiller en premier ? »

L'enfant le regarda, éberluée. « Tu vas vraiment chercher ma poupée ? » À trois ans à peine, elle semblait comprendre la situation plus vite que son frère. « Bien sûr, promit George. Certes, cela prendra une grande partie de la journée et nous n'arriverons pas à Fredericksburg ce soir, à temps pour que tu puisses rencontrer tes nouveaux cousins et voir le cadeau que leur maman t'a réservé, mais nous allons chercher ta poupée. » La petite Patsy réfléchit. Il la tenait dans le creux de son bras, s'étonnant de l'extrême légèreté de son corps. Il espéra avec ferveur que le climat du Potomac lui serait plus favorable que celui de la Rappahannock.

La petite Patsy prit alors sa décision : « Ça ne fait rien, Poppa. Ce n'est pas la peine de tout déballer. Je préfère voir mes cousins bientôt.

– Tu es une gentille petite fille », approuva George. Il se dirigea vers la calèche et la fit monter à l'intérieur. Sa mère semblait inquiète. « Nous ne pouvons pas tout déballer, n'est-ce pas ? » George eut un sourire apaisant. « C'est inutile. Cette très raisonnable jeune personne a décidé que sa poupée était bien au chaud et en sécurité dans les bagages et nous allons poursuivre notre route. »

Il referma la portière, ignorant le regard de Jacky qui attendait désespérément la permission de monter son poney. Une fois en vue de Fredericksburg, il laisserait le garçon chevaucher à son aise. Mais pour l'instant, il n'était pas question de le laisser galoper toute la journée.

George nota mentalement de demander à Betty d'offrir un cadeau à la petite Patsy. Décidément, se moqua-t-il, il avait usé au cours de ces derniers mois de plus de diplomatie qu'il n'en avait jamais montré à la table de conférence avec Braddock !

Le soir tombait lorsqu'ils arrivèrent chez les Lewis et un feu flambait dans toutes les cheminées. La belle maison était tout éclairée en signe de bienvenue et la joie qu'éprouvaient Betty, Fielding et leurs enfants se reflétait sur le visage radieux de Patsy, dans la fierté avec laquelle elle présenta ses enfants.

George songea qu'ils étaient toujours restés jusqu'à présent dans la partie de la Virginie qu'elle connaissait, la région où habitaient ses amis et parents. Il se dit qu'elle avait dû redouter de rencontrer sa famille et ses amis à lui. Il se rembrunit inconsciemment à cette pensée. Dans la matinée, il l'amènerait à Ferry Farm pour qu'elle fasse la connaissance de sa mère.

Avec un certain à-propos, le jour suivant fut morne et froid. Le soleil resta caché derrière de sinistres nuages noirs et une brise glaciale gémissait contre les flancs de la calèche. Assis à côté de Patsy, George regardait par la fenêtre d'un air morose. Le paysage était désolé et menaçant, les champs semblaient nus. Comment lui, qui aimait tant la terre, pouvait-il se sentir abattu en se retrouvant ici ? Mais pourquoi s'en étonner ? Tout venait des frustrations qu'il avait connues auprès de sa mère, des difficultés de sa vie d'adolescent avant que Lawrence ne l'invite à Mount Vernon.

Il était si profondément plongé dans ses pensées qu'il ne sentit pas Patsy glisser timidement sa main dans la sienne, pas plus qu'il ne s'aperçut qu'elle la retirait. Il ne vit pas les regards inquiets qu'elle glissait vers lui, il ne se rendit pas compte qu'elle se redressait sur le siège et s'écartait légèrement de lui. Il l'emmenait voir sa mère pour la première fois et il était soudain devenu un étranger pour elle. Il ne lui vint pas à l'esprit que Patsy pouvait imaginer qu'il avait honte de présenter sa femme à sa mère.

La calèche s'arrêta devant la maison et il en descendit prestement. D'un geste machinal, il aida Patsy à descendre et la tint fermement par le coude pour la conduire en haut des marches du perron. Pendant un instant elle leva des yeux implorants vers lui, mais son brusque « Venez » la glaça et elle regarda droit devant elle.

Depuis qu'il avait fait le choix de vivre à Mount Vernon, il n'était retourné chez lui que pour de courtes visites. Aujourd'hui, il contemplait la maison tandis qu'un domestique inconnu ouvrait la porte. Le visage de l'homme avait une expression maussade, typique des gens qui étaient au service de sa mère, et George lui adressa un bref signe de tête. Le grand vestibule avait peu changé. La famille y prenait tous ses repas mais aucun effort n'avait jamais été fait pour donner à la pièce une atmosphère de chaleur ou de confort, cette ambiance paisible essentielle à une salle à manger. Elle était toujours aussi sinistre, encombrée d'un mobilier hétéroclite qui semblait avoir atterri là par hasard sans le moindre souci de commodité ou d'esthétique.

C'était bien de sa mère de ne pas venir les accueillir. « Où est Mme Washington ? demanda George au domestique.

– Elle sera là dans un instant, sir. Elle a dit de vous introduire dans le salon. Elle finit de s'habiller. »

Sa mère tout craché. Elle détestait se mettre sur son trente et un et avait probablement commencé à se préparer au moment où la calèche arrivait en vue de la propriété. Il se souvint de l'accueil chaleureux de la mère de Patsy, de l'atmosphère courtoise et amicale de sa maison.

Patsy restait toujours silencieuse mais elle avait à présent un regard songeur et interrogateur. Il ne pouvait pas savoir qu'elle s'inquiétait de découvrir un autre aspect de l'homme complexe qu'elle avait épousé. Elle s'était souvent demandé pourquoi il parlait si rarement de Ferry Farm. Il lui avait juste confié que la ferme était l'héritage de son père, mais qu'il préférait de beaucoup vivre à Mount Vernon et voir sa mère occuper cette propriété qui lui appartenait désormais.

Il n'y avait rien d'étonnant à ce qu'il n'ait éprouvé aucune envie d'habiter cette maison rébarbative. Il dit : « Puisque notre hôtesse n'est pas prête à nous recevoir, allons nous installer en l'attendant, ma chère. »

Elle se laissa conduire dans le petit salon qui jouxtait la salle à manger. Elle aperçut le livre qui était posé sur la table et, s'efforçant de rompre le silence embarrassé, se dirigea vers lui. C'était un exemplaire des *Contemplations*, qui n'avait pas quitté cette pièce depuis plus de quarante ans.

Patsy l'ouvrit à la première page et vit les deux signatures côte à côte. George expliqua : « Mon père, vous ne l'ignorez pas, était veuf quand il a épousé ma mère. L'intendante de la maison n'a pas apprécié ce second mariage et lorsque ma mère a pénétré dans cette pièce en jeune mariée, le livre était ouvert à cette page – avec la signature de celle qui l'avait précédée. Comme vous pouvez le constater, ma mère n'a pas hésité à y inscrire son propre nom d'une main ferme. »

Ils contemplaient les lettres espacées qui formaient la signature de « Mary Ball Washington » quand une voix cassante s'éleva dans leur dos : « Et je conseillerais à toute personne se mariant avec quelqu'un qui l'épouse en secondes noces de marquer sa présence avec une pareille vigueur. »

George sentit le rouge lui monter au front en entendant cette déclaration insensée. Voilà donc comment sa mère les accueillait, lui et sa femme.

Il se retourna. Elle s'était habillée en leur honneur. Il reconnut le bonnet de dentelle, plus ou moins bien repassé, et la robe de soie noire qui étaient à ses yeux ce qu'elle possédait de plus élégant.

Il lutta contre le mouvement familier de colère que suscitait le manque de tact de sa mère, puis la pitié l'emporta. Elle lui sembla plus petite, plus frêle. « Madame », dit-il d'un air gauche. Il se pencha et l'embrassa sur la joue. Puis, poussant Patsy en avant : « Je vous présente Mme Washington », dit-il. Il regretta aussitôt de s'être montré aussi guindé. « Je veux dire, mère, voici Patsy – ou plutôt Martha. »

Comment pouvait-il se montrer aussi ridicule ? songea-t-il avec désespoir. Devrait-il toujours éprouver les mêmes sentiments ? endurer toute la gamme des émotions ? Jusqu'à présent, il s'était senti déprimé, frustré, agacé, furieux, et maintenant il avait l'impression d'être définitivement stupide.

Mais, comme toujours, Patsy fut à la hauteur de la situation. Elle fit mine de ne pas remarquer l'accueil de sa mère, tendit les deux mains vers la vieille dame et l'embrassa gentiment sur la joue. Son geste témoignait d'un plaisir plus sincère que lui-même n'en avait montré, réfléchit George, et l'atmosphère dans la pièce se détendit un peu.

Ils s'assirent – ô l'inconfort de ces fauteuils de crin ! – et sa mère fit servir le thé. Il savait qu'elle était heureuse de les voir. Sa main tremblait un peu, mais elle ne se serait pas autorisé la moindre marque de faiblesse ni d'émotion. Il la regarda joindre les mains sur ses genoux et examiner Patsy avec attention.

Visiblement, elle ne put lui trouver aucun défaut. Elle eut un petit hochement de tête contraint et se tourna vers son fils. « Puis-je espérer que vous en avez fini avec l'armée ?

– Vous n'ignorez pas que je l'ai quittée, mère », répondit George de son ton le plus calme.

Se mordant les lèvres, il se rappela que cette visite ne durerait que peu de temps et qu'il devait se contrôler, ici plus qu'ailleurs.

« Quittée. » Le mot dans la bouche de sa mère ressemblait à un ricanement. « Vous auriez mieux fait de ne jamais vous y engager. Tout le temps malade – la dysenteric a tué des jeunes gens plus forts et meilleurs que vous –, vous avez perdu votre temps, laissé vos terres péricliter. C'est un miracle que vous vous en soyez sorti. Le pauvre Lawrence ignorait le mal qu'il avait contracté et qui l'a tué longtemps après ses batailles extravagantes. »

Avait-elle vraiment toujours été ainsi ? se demanda George.

« Je vais très bien, rassurez-vous. »

Patsy se pencha vers lui. « Je crois que le thé est servi. » Elle posa sa main sur la sienne, puis elle la retira. Réconforté, il résolut de ne pas se laisser tourmenter par les propos de sa mère.

Le thé n'avait pas infusé assez longtemps. Il était très léger, et les biscuits n'étaient pas assez cuits. Malheureux, George but une gorgée pendant que sa mère se plaignait du piètre service dont elle devait se contenter.

Patsy tenta de détourner la conversation : « Les enfants et moi sommes impatients de connaître Mount Vernon.

– Il n'y a pas grand-chose à en attendre, si j'en crois la façon dont la propriété a été négligée. »

Pourquoi cet affreux besoin de dénigrer tout ce qu'il y avait de bien, tout espoir ? Mais Patsy ignora délibérément la remarque. « Nous prendrons le temps de remettre les choses en état. Je suis heureuse à la pensée de rénover la maison, de pouvoir donner une nouvelle vie à Mount Vernon. J'aurais été déçue de trouver les travaux terminés.

– Vous ne serez pas déçue dans ce cas ! » Mme Washington regarda sa nouvelle belle-fille d'un air songeur. « Betty m'a dit que vous aviez déjà deux très belles demeures.

– Les propriétés de la famille Custis sont très agréables en effet. »

Patsy semblait deviner ce qui allait suivre.

« Eh bien, mon fils a de la chance. Son père a toujours eu des terres infertiles. Il a passé son temps à acheter, ajouter un terrain ici, un terrain là. "Nous en possédons assez, lui disais-je. Il n'y a pas que la terre dans la vie." »

George se leva calmement. « Mais la terre, bien exploitée, peut vous donner en retour dix fois ce qui est nécessaire ou désiré. Mère, je crois que nous devons vous quitter. Nous avons prévu de partir tôt dans la matinée. »

Une expression indéfinissable apparut un instant dans le regard de sa mère, pas de larmes, non, mais un voile de nostalgie, comme un appel. Qu'attendait-elle de lui ? Pourquoi étaient-ils incapables d'être plus proches ? Pourquoi cherchait-elle toujours à le tourmenter ? Il s'inclina et effleura sa joue de ses lèvres.

Dans la calèche, sur le chemin du retour, il se tourna vers Patsy : « Eh bien ? » Mais elle était perdue dans ses pensées. Comment était-il devenu ce qu'il était dans cette atmosphère ? se demandait-elle. Comment s'était-il arrangé pour acquérir des qualités de chef, pour avoir confiance en son propre jugement, être capable de prendre des décisions alors qu'aucun aspect de sa carrière, aucun succès ne trouvait grâce aux yeux de sa mère ?

Grâce ? Sa mère ignorait le sens de ce mot.

Tendresse ? Dieu nous garde ! Se pouvait-il que Mary Washington ait toujours été ainsi avec son fils ? Pourtant, il était évident qu'elle l'aimait, qu'elle était fière de lui. Pourquoi, au nom du ciel, ne s'était-elle jamais laissée aller à le dire ?

Patsy sentit l'envahir une soudaine compassion pour le garçon solitaire qui s'était enfui à

Mount Vernon. Elle chercha sa main, la pressa entre les siennes et la porta à ses lèvres. « Mon pauvre cher ami », murmura-t-elle.

Ses mots dissipèrent son sentiment d'abattement. Il eut l'impression d'être un petit garçon à la sortie de l'école. La visite tant redoutée était terminée. Avec une infinie tendresse, une infinie gratitude, il prit Patsy dans ses bras et ne vit plus le morne et déprimant paysage de Ferry Farm.

7 avril 1759

À Ferry Farm, on aurait cru que l'hiver maintenait son emprise sur la terre, mais quelques jours plus tard, alors qu'ils approchaient du Potomac, il leur sembla que le printemps venait à leur rencontre tout au long de la route, pour leur souhaiter la bienvenue. Du jour au lendemain, la campagne fut une débauche de couleurs, l'herbe perdit son aspect brun pour se teinter d'un vert riche et prometteur, le soleil brilla généreusement dans le ciel.

Chacun se sentait joyeux à l'approche de Mount Vernon. Tous savouraient l'arrivée du printemps, Bishop murmurait à chaque occasion : « Ça fait du bien de rentrer à la maison, colonel, sûr que ça fait du bien. »

Les enfants passaient la tête par la fenêtre, regardaient le paysage inconnu. Jacky demandait toutes les cinq minutes : « Est-ce qu'on est bientôt arrivés, Poppa ? » Et même la gentille petite Patsy faisait des bonds sur le siège de la calèche, en dépit des efforts de sa mère pour la faire dormir.

George lui-même se retenait à grand-peine de galoper. Il pressait malgré lui les flancs de sa monture qui accélérait l'allure avant d'être aussitôt fermement retenue.

Sous un calme apparent, George endurait les angoisses d'une maîtresse de maison s'apprêtant à recevoir des invités importants. Il repassait en esprit l'agencement de la maison. Avait-il oublié quelque chose ? Il avait envoyé un messager en avant, qui devait avertir Alton d'aérer les pièces, de cirer les meubles et de faire les lits. Il avait aussi demandé qu'ils aient de quoi se sustenter à leur arrivée.

Tout dépendait de Belvoir. En apprenant leur arrivée, Sally et George William étaient certainement venus inspecter la maison. Il pouvait compter sur eux. Il n'avait pas revu Sally depuis des mois, pas depuis son dernier court séjour à Mount Vernon avant son mariage. Patsy s'entendrait-elle avec Sally, les deux femmes deviendraient-elles amies ? Elles étaient si différentes, mais il importait qu'elles sympathisent. Une grande partie du bonheur de vivre à Mount Vernon reposait sur les liens étroits qu'il avait noués avec ses voisins du Potomac, dont les plus chers étaient les Fairfax.

Ils arrivèrent enfin. Une agréable brise agitait les arbres qui avaient été plantés récemment le long de l'allée principale. George réfréna son envie de partir au galop ; aussi impatient qu'il fût de voir si tout était prêt pour les accueillir, il voulait partager ce moment avec Patsy. Il chevaucha à côté de la calèche tandis qu'ils s'engageaient dans la dernière courbe et arrivaient en vue de la maison. Elle paraissait peinte de frais, d'un blanc éclatant se détachant sur le vert de la prairie qui descendait en pente douce vers le Potomac. Les fenêtres étincelaient comme des diamants et George sourit avec fierté. Mount Vernon ressemblait à une jolie femme qui vient de se parer pour aller au bal et a confiance dans l'effet qu'elle va susciter.

Il se tourna vers Patsy et n'eut plus ni doute ni hésitation. Ses yeux brillants et son sourire radieux parlaient pour elle.

Les domestiques de la maison, empesés et briqués, irréprochablement vêtus de la livrée des Washington, attendaient dans la galerie. Devant eux se tenaient Sally et George William. Leurs sourires étaient aussi joyeux et fiers que l'était le sien. Il descendit rapidement de cheval, ouvrit la portière de la calèche et aida Patsy à descendre. Les enfants s'élancèrent à sa suite et Bishop tenta en vain de les retenir.

« Bienvenue à la maison, colonel. Bienvenue, madame Washington. » Les salutations jaillirent en chœur tandis que les esclaves employés à la maison faisaient la révérence ou s'inclinaient.

Sally et George William se tinrent un peu à l'écart comme s'ils ne voulaient pas partager ce premier moment. Puis ils se précipitèrent vers eux d'un même mouvement. Sally l'embrassa fraternellement sur la joue en guise de bienvenue, puis se tourna aussitôt vers Patsy. « Nous sommes si heureux de vous voir enfin ici », dit-elle.

Les yeux de Patsy s'embuèrent. « J'avais hâte de faire votre connaissance. »

George ne put s'empêcher de remarquer que Sally était plus belle que jamais ; à vingt-neuf ans, son port élégant et sophistiqué ajoutait à son charme juvénile. Il n'y avait aucun regret dans cette constatation et il se réjouit de la réaction de Patsy à ce premier contact. L'air serein, à l'aise, elle salua ses amis et ses domestiques, sans montrer le moindre signe de fatigue après ce long et fatigant voyage poussiéreux.

Sally dit : « Nous vous rejoindrons dans quelques minutes, j'ai prévu un déjeuner et je veux vérifier que tout est prêt. Nous parlerons plus tard. » Sans leur laisser le temps de répondre, elle et George William s'éloignèrent pour gagner les quartiers de la cuisine. Avec leur tact exquis, les Fairfax laissaient les Washington passer seuls leurs premiers moments chez eux.

George nota avec plaisir que George William avait suivi avec scrupule les nombreuses instructions qu'il lui avait fait parvenir. Les meubles cirés reluisaient. Les planchers avaient été poncés et le lit à baldaquin installé dans la chambre du rez-de-chaussée. Il avait ordonné que la pièce soit peinte et tapissée de bleu et de blanc et l'effet était ravissant. Tandis que Jacky et la petite Patsy grimpaient l'escalier pour découvrir leur nouvel univers, il fit visiter toute la maison à Patsy, expliquant en détail les transformations qui avaient été exécutées et celles qu'il leur resterait à faire.

Elle écouta, posa des questions, s'arrêtant pour admirer la courtepointe neuve, les rideaux, la vue de la chambre à coucher.

La table avait été dressée pour le repas et George vit avec soulagement que les verres et la porcelaine étaient arrivés à temps. Un moment plus tard, Sally et George William les rejoignirent. Tous quatre prirent place à la table avec les enfants. Sally avait composé le repas, mais ce fut Patsy qui sonna la cloche pour indiquer le moment d'apporter les plats et qui ordonna de servir le thé. Elle était devenue la maîtresse des lieux.

Bien qu'il entretînt une conversation animée avec George William sur l'état de la plantation, interrogeant son ami sur les points qui nécessiteraient son attention immédiate, George ne pouvait s'empêcher d'écouter d'une oreille les deux femmes bavarder. Patsy racontait à Sally leur mariage et les festivités à Williamsburg. Il entendit Patsy avouer qu'elle n'avait jamais éprouvé beaucoup de plaisir à danser jusqu'alors, mais que George était un partenaire si merveilleux qu'il vous donnait l'impression d'être une danseuse accomplie. Une vague de nostalgie monta en lui en entendant Sally répondre doucement : « Oui, je sais. »

Les enfants quittèrent la table plus tôt et revinrent dire au revoir aux Fairfax quand ces derniers s'apprêtèrent à partir. Les joues de la petite Patsy étaient délicatement rougies. Elle s'accrocha aux genoux de son beau-père qui la souleva dans ses bras. « Dis-nous si tu aimes ta nouvelle maison », dit-il.

Jacky répondit à sa place. « Oh, Poppa, nous l'aimons beaucoup. Et Bishop a dit que vous iriez faire un tour à cheval demain avant le petit déjeuner pour inspecter les champs. Et je me disais que je pourrais venir vous aider. »

George William éclata de rire. « Je n'ai jamais entendu une offre d'assistance aussi charmante de toute ma vie », dit-il en ébouriffant les cheveux de Jacky. « Et si vous avez du temps libre, jeune homme, peut-être me donnerez-vous un coup de main à Belvoir. »

Il y avait une note de mélancolie dans la voix de Sally quand elle dit aux enfants : « Lorsque Poppa et votre maman viendront nous rendre visite, vous pourrez les accompagner. J'ai beaucoup de jouets à Belvoir pour nos neveux et nièces. »

George comprit le motif de sa tristesse. Il était peu probable qu'après dix ans de mariage Sally voie jamais un enfant grandir à Belvoir. George William et elle avaient toujours paru avoir tout ce que l'on pouvait désirer. Maintenant, alors qu'il entamait une existence d'homme marié à Mount Vernon, il avait l'impression que l'équilibre avait changé. La vie mondaine aux alentours du Potomac serait centrée ici plutôt qu'à Belvoir. Ce n'était plus lui qui irait chez les Fairfax pour fuir la solitude de sa maison, mais ses deux très chers amis qui viendraient chez lui. De même qu'ils avaient toujours su répondre à ses besoins, Patsy et lui seraient à même de répondre aux leurs.

Il les accompagna hors de la maison, en bas des marches où un palefrenier attendait avec leurs chevaux. Il aida en silence Sally à monter sur le sien.

« Merci, jeune Washington », dit-elle avec un sourire, avant d'ajouter : « Mon Dieu, je crois qu'il vaut mieux que je ne vous appelle plus ainsi – plus maintenant que vous êtes bel et bien marié et chef de famille.

– Patsy m'appelle son vieil ami », répliqua George.

George William éclata de rire. « Par le ciel, quand vous êtes de mauvaise humeur, c'est un nom qui vous convient. » Il se pencha et tendit la main. « Ce fut une belle journée. »

George lui serra la main avec vigueur et se tourna vers Sally. Mais elle tenait sa cravache dans une main, les rênes dans l'autre. Pendant un court instant, elle le regarda avec quelque chose d'insondable dans ses yeux verts. Puis elle cravacha le flanc de sa jument.

« À la maison, ma belle ! » cria-t-elle, et elle s'élança dans l'allée. En riant, George William éperonna son cheval et partit au galop derrière elle. George les regarda disparaître de sa vue. Combien de fois avait-il participé à ces courses folles à travers champs, sautant pardessus les obstacles, jusqu'aux marches de Belvoir ?

Une sensation de froid et de solitude s'empara de lui. Il rentra à la hâte, à la recherche de Patsy. Mais elle était en haut, à surveiller le bain des enfants, et ne l'entendit pas l'appeler.

9 mars 1797
La résidence présidentielle
Philadelphie

La résidence présidentielle de Philadelphie avait un aspect désincarné. Les caisses furent sorties et entassées dans les chariots qui les accompagnaient. Les discussions sans fin sur le choix des meubles qui devaient partir à Mount Vernon ou rester sur place étaient enfin terminées.

Il avait été décidé de ramener le lit à baldaquin de Nelly. Elle avait manifesté l'envie d'avoir un lit neuf, plus à la mode, mais sa grand-mère lui avait opposé un refus ferme. Le lit gigogne fut conservé lui aussi. George en comprit la raison. Longtemps auparavant la petite Patsy s'y blottissait pour faire la sieste.

Les grands miroirs qu'ils avaient apportés à Philadelphie posèrent un problème. Il fallait les emballer avec le plus grand soin. Certaines des routes qu'ils emprunteraient étaient mal entretenues et bosselées. Un miroir mal protégé risquait d'arriver en miettes.

Durant la semaine qui avait précédé leur départ, George avait eu l'impression qu'il ne s'écoulait pas un quart d'heure sans qu'un visiteur ne vienne une dernière fois lui dire adieu. Résigné, il finit par ordonner à Lear de ranger tous les papiers dans des cartons. Ils s'occuperaient de les trier une fois arrivés à la maison. Non qu'il s'attendît à avoir beaucoup de temps libre à Mount Vernon. Avec une inquiétude croissante, il voyait augmenter le nombre de ceux qui promettaient de venir leur rendre visite. Avec l'éclosion du printemps, il avait tout lieu de croire que la plupart d'entre eux étaient sincères.

Cette pensée l'amena à commander un nouveau tapis pour la chambre bleue. À son dernier séjour, il s'était rendu compte que l'ancien était en piteux état. Devenait-il plus irritable avec l'âge ? Plusieurs fois au cours de cette dernière semaine, il avait dû réprimer les mots cinglants qui lui venaient aux lèvres. Mais c'était enrageant de voir des biens précieux mis en caisse sans soin. Il n'avait pas envie d'arriver chez lui avec tous ses effets abîmés.

Nelly avait une paire de perruches. Leurs cris perçants horripilaient George et il avait espéré qu'elle les abandonnerait à Philadelphie. Il s'était même donné la peine de suggérer à certains de ses amis de se charger des oiseaux. En vain. Nelly avait organisé dans le moindre détail les préparatifs du voyage des perruches.

Le jeune Washington s'efforça sincèrement d'être utile. Il fit plusieurs suggestions, dont la plupart étaient irréalisables. George vit avec soulagement le jeune homme faire ses adieux aux jeunes filles qu'il courtisait et regagner Princeton. Il serait comme son père. Cette pensée amena sur ses lèvres un sourire amer. Les jeunes Custis étaient beaux et charmants. Un peu moins de charme eût été bienvenu.

Le jeune Lafayette était dans un état d'agitation extrême et personne ne pouvait l'en blâmer. Tous les bateaux en provenance de France apportaient de nouvelles rumeurs, et il était probable que le marquis sortirait bientôt dc prison. Le garçon s'inquiétait depuis si longtemps pour sa famille, dont George savait qu'il aurait aimé partager le sort. Il rappelait souvent à son pupille que l'espoir de voir se perpétuer un grand nom français reposait sur lui, que la seule consolation de son père durant les cinq années écoulées avait été de le savoir sain et sauf. Maintenant que l'épreuve touchait à sa fin, le jeune fils de l'aristocrate français en ressentait les effets. Lui aussi se porterait mieux en Virginie. La campagne au printemps ne pouvait que soulager et apaiser l'âme.

Patsy souffrait d'un refroidissement. Ses rhumes chroniques inquiétaient toujours

George. Les médecins l'avaient averti qu'une inflammation des bronches risquait de se transformer en pneumonie. Il avait essayé de lui interdire de quitter la chambre, mais elle ne l'écoutait pas. S'efforçant de contenir sa toux, elle prétendait qu'ils avaient tous les deux besoin de rentrer chez eux, et qu'elle serait définitivement guérie une fois qu'ils auraient regagné leurs pénates.

Le matin du départ fut froid et venteux. On pouvait s'y attendre, grommela George. C'eût été absurde d'espérer un jour clément en mars. Il ordonna que l'on recouvrît le chariot de deux bâches supplémentaires. Patsy devait être à l'abri des courants d'air. Il aurait aimé utiliser son phaéton, mais n'osa même pas le suggérer. Il en aurait l'occasion si le temps s'améliorait, et Patsy aurait craint qu'il n'attrape mal à la gorge s'il avait roulé dans une voiture découverte par un temps pareil.

Ils prirent un dernier petit déjeuner dans la salle à manger. Parmi le personnel, ceux qui resteraient avec les Adams avaient l'air abattu. Ceux qui les accompagnaient à Mount Vernon cachaient mal leur excitation. Patsy toucha à peine à son repas, mais George la força à avaler une seconde tasse de thé chaud. Il n'échappait pas à son regard pénétrant qu'elle avait les yeux trop brillants, presque fiévreux.

Son inquiétude hâta le départ. Il n'éprouvait ni envie de s'attarder ni regret. Les adieux avaient été faits. À sept heures du matin, Patsy et lui montèrent dans la voiture de tête et le convoi s'ébranla immédiatement.

Nelly étouffa un bâillement. « Oh, il fait un temps détestable, soupira-t-elle. Croyez-vous que le printemps viendra jamais ? »

Un éclair d'amusement traversa le regard de Patsy. « Si tu trouves qu'il fait froid aujourd'hui, tu devrais avoir goûté aux hivers que nous avons connus. Je me souviens d'avoir été rendre visite à grand-père alors que le froid gelait littéralement l'haleine des chevaux.

– Mais ta grand-mère venait toujours, dit George. Avec quelle impatience nous attendions l'arrivée de sa voiture ! Pas un de ces attelages surchargés ne contient la moitié de ce qu'elle entassait dans sa calèche, jambons, gâteaux, vins et provisions diverses. La nouvelle que Mme Washington venait au camp réjouissait tous les soldats. Je crois qu'ils devinaient que le commandant était dans de meilleures dispositions lorsque sa femme était là.

– Je vous revois en train de faire vos bagages, dit Nelly. Vous rappelez-vous la malle que vous emportiez toujours, grand-mère ? Vous disiez que nous étions en larmes en vous voyant la garnir à l'automne, mais que nous vous aidions toujours de bon cœur à la défaire à votre retour au printemps. Je me souviens que vous pleuriez parfois parce que vous étiez inquiète pour grand-père quand commençaient les campagnes de printemps. »

Patsy piqua un fard et George sourit. « Votre grand-mère n'a jamais montré qu'elle était inquiète. Elle était certaine que mon armée et moi étions invincibles. Elle a fini par m'en persuader.

– Je l'ai toujours cru, dit Patsy d'un ton ferme. Et je me souviens d'avoir très peu pleuré. »

Elle sentit le regard de son mari posé sur elle et sut que la même pensée lui traversait l'esprit – c'est à Mount Vernon qu'elle avait tant pleuré après ce terrible premier chagrin...

19 juin 1773
Mount Vernon

Après un long et rude hiver et un printemps tardif, l'été explosa sur le Potomac. Les tulipiers, les magnolias, les violettes, le catalpa et l'épicéa firent assaut de couleurs. Les saules pleureurs avaient eu de nombreuses branches cassées sous le poids de la neige, mais les jardins potagers débordaient de groseilles et de framboises, de pêches et de cerises.

En quatorze années de vie ininterrompue à Mount Vernon, George était parvenu à réaliser une grande partie de ses projets. Quand il avait hérité de la propriété, elle avait une superficie de deux mille acres. Aujourd'hui la plantation couvrait plus de six mille acres et il avait des options sur d'autres terres des environs.

Il avait agrandi les bâtiments existants avant son mariage avec Patsy, mais ils allaient maintenant édifier ensemble les extensions dont il avait toujours rêvé. Elles consisteraient en deux ailes, une à chaque extrémité de la maison principale. L'une servirait de salle à manger et de salle de bal. L'autre comporterait une bibliothèque avec un escalier privé menant à leurs nouveaux appartements.

Ces agrandissements étaient nécessaires. Le soir où il avait amené Patsy à Mount Vernon pour la première fois, il avait eu l'intuition que cet endroit serait bientôt prisé par toute la société. Et Dieu sait s'il avait eu raison ! En réalité, il avait souvent l'impression d'être à la tête d'une hôtellerie.

Les nombreux voisins et amis qui habitaient le long du Potomac n'étaient pas seuls à venir leur rendre visite. Il y avait ses frères, sa sœur Betty, les douzaines de neveux et nièces, les camarades d'école que Jacky amenait à la maison, les jeunes filles et les cousins qui essaimaient autour de la petite Patsy – bref, ce n'était qu'une suite ininterrompue de bals et de réunions mondaines, de joyeuses soirées de chant et de musique dans le salon.

Souvent il rêvait d'une soirée tranquille, tout en sachant son souhait peu sincère. Il aimait la jeunesse autant que l'aimait Patsy et s'étonnait toujours de la tranquille efficacité avec laquelle elle gardait la grande demeure constamment impeccable et les repas toujours aussi délicieux, quels que soient les efforts que réclamait son hospitalité.

Comme il s'y attendait, Sally et George William vinrent à Mount Vernon plus souvent que Patsy et lui n'allèrent à Belvoir. Quatorze années n'avaient pas effacé l'éclat qui pétillait dans les yeux de Sally. Elle se plaignait parfois de sa maigreur, l'accusait d'être la cause de ses rides, mais George ne la trouvait pas moins attirante que ce jour lointain où il l'avait vue pour la première fois descendre l'escalier de Belvoir.

S'il avait redouté jadis l'attrait qu'elle exerçait sur lui, il ne le craignait plus aujourd'hui. La perspective d'avoir Sally et George William à dîner l'emplissait d'un agréable sentiment d'attente. Elle pouvait encore l'amuser et le provoquer. Elle serait à jamais sa partenaire préférée sur une piste de danse, bien qu'il prît soin de ne jamais trop danser avec elle dans les réceptions. Mais c'est dans sa vie avec Patsy qu'il trouvait son bonheur le plus profond. Durant toutes ces années, elle avait adouci et comblé les désirs impatients et inavoués qui avaient tourmenté sa jeunesse.

Il avait jadis admiré la grâce presque désinvolte avec laquelle Sally s'occupait de Belvoir. Aujourd'hui, il savait qu'il n'aurait jamais achevé la rénovation de Mount Vernon si Patsy ne s'y était intéressée autant que lui. Combien de nuits avait-il passées à réfléchir tout haut, à se demander s'il était sage d'hypothéquer encore davantage la propriété, de s'endetter auprès des agents de Londres pour acheter tapisseries, tapis et accessoires ? Patsy l'avait toujours conforté dans ses projets ; elle l'avait toujours aidé à assumer la responsabilité d'une dépense exigeant en contrepartie des économies ; elle avait toujours montré une totale confiance en son jugement.

Dans tous les domaines, excepté un – Patsy ne lui avait jamais vraiment permis de partager l'éducation de ses enfants. George savait que sa femme aurait été étonnée de cette pensée. Elle le consultait toujours sur le moindre détail, sur la plus petite décision concernant Jacky et Patsy. Mais lors d'une crise majeure, s'il y avait un choix entre ce qu'il croyait juste et les désirs des enfants, son avis était toujours écarté.

Il avait jadis espéré que lorsque naîtraient leurs propres enfants, il partagerait pleinement les joies de la paternité. Mais Patsy n'avait jamais connu ce bonheur. Elle était tombée gravement malade durant le deuxième hiver de leur mariage. Était-ce pour cette raison qu'elle n'avait jamais plus pu être mère ? Parfois George se demandait pourquoi ni son foyer ni Belvoir n'avaient été bénis par la naissance d'un héritier. Il se consolait à la pensée que le Tout-Puissant avait ses raisons pour les moindres événements de la vie humaine.

Il avait reporté sur Patsy et Jacky l'amour qu'il aurait offert à ses propres enfants. Sa femme tiendrait toujours la première place dans sa vie et cela, même s'il avait eu des descendants. Mais après elle, ces deux êtres étaient ce qu'il avait de plus cher.

George reconnaissait qu'il en voulait à Patsy de ne pas comprendre ce qu'il éprouvait. Il était obligé d'admettre qu'elle plaçait le bien-être de ses enfants avant le sien. Cependant, ils grandissaient rapidement et bientôt, selon toute probabilité, ils partiraient vivre leur propre vie.

Lorsque Jacky eut dix-huit ans, il devint manifeste que l'envie lui démangeait d'assumer des responsabilités d'adulte. George parvint à l'éloigner d'une idylle nouée à l'école et à l'inscrire à King's College. Mais c'est là que le jeune homme rencontra Nellie Calvert et se fiança presque aussitôt malgré la désapprobation de son beau-père. Sa mère réagit avec un plaisir mitigé à cette annonce, George se montra consterné et furieux. Il n'avait rien contre Nellie, qui était une jolie et charmante jeune fille, mais Jacky avait besoin de terminer son éducation. Il était en passe de devenir un écervelé irresponsable et, dans quelques années, il serait à la tête d'une grosse fortune. Il devait acquérir de la maturité avant de sceller son avenir.

S'il ne put empêcher des fiançailles précoces, George fit clairement comprendre au père de Nellie qu'il ne voulait pas entendre parler de mariage avant que Jacky n'ait fini ses études, qui dureraient près de quatre ans. Jacky retourna à l'université, apparemment satisfait de l'arrangement, et Nellie vint à Mount Vernon pour un long séjour.

Un matin de juin, peu après son arrivée, George se leva le cœur étonnamment léger. Alors que s'annonçait l'été, il lui semblait soudain qu'une partie des questions qui l'avaient tracassé au cours de l'année écoulée étaient résolues. Nellie était une jeune fille délicieuse et ces fiançailles empêcheraient peut-être Jacky de s'afficher avec d'autres jeunes personnes. Tant que le mariage était repoussé jusqu'au diplôme, George admettait même que les fiançailles auraient peut-être une influence bénéfique sur lui.

Un autre sujet l'avait tourmenté au cours de cette année. Plus que la plupart des gens, il comprenait les graves implications de l'hostilité grandissante entre les Colonies et l'Angleterre. À plusieurs reprises, il avait pensé que la brèche s'agrandissait trop vite pour que l'on puisse y remédier. Mais, en cette matinée du 19 juin, alors qu'il regardait par la fenêtre et contemplait son beau jardin anglais, il voulait croire que les différends finiraient par se régler.

Il savait qu'il avait peu changé depuis le temps de son commandement militaire. Oh, certes, ses cheveux grisonnaient un peu à présent et la parenthèse des rides autour de sa bouche s'était creusée, mais il se sentait toujours dans la même forme physique que vingt-cinq ans plus tôt. On ne pouvait pas passer la plus grande partie de la journée dehors et s'empâter.

Patsy sortit de son cabinet de toilette, lissant le bord de dentelle du col de sa robe du soir. Il lui sourit. « Je dois dire que Mme Washington est ravissante. »

Elle eut un petit rire attristé. « Mme Washington se souvient du temps où elle était seulement un peu plus mince que l'est aujourd'hui sa fille. George, il semble qu'elle aille mieux, vous ne trouvez pas ?

– Si. Beaucoup mieux »

George espéra que son ton ferme et rassurant était sincère. À seize ans, Patsy était la plus jolie jeune fille du comté. Elle avait les cheveux sombres des Custis et le profil parfaitement dessiné de cette famille éminemment distinguée. Elle n'avait jamais perdu ce voile de nostalgie qui la lui avait rendue si chère en ce lointain après-midi dans le salon de Chamberlayn, mais elle n'était jamais devenue plus forte qu'à l'époque où sa mère se tourmentait tellement pour sa santé.

La petite Patsy était encore de santé délicate, en proie à des crises trop fréquentes, trop souvent obligée de renoncer à assister aux réceptions. Il leur arrivait encore souvent de se mettre en route pour une journée de réjouissances et de rentrer précipitamment à la maison parce qu'elle s'effondrait, épuisée et tremblante.

George songea à toutes les fois où il l'avait portée dans sa chambre lors de ces crises de convulsions, à sa façon de se cramponner à lui, à son ton effrayé quand elle murmurait : « Je crois que c'est passé maintenant, Poppa. » Récemment, les crises s'étaient espacées. Pourtant, il avait beau réconforter Patsy avec assurance, lui-même s'inquiétait pour sa belle-fille.

Mais ce matin son optimisme concernait même la santé de Patsy. « Elle va beaucoup mieux, répéta-t-il d'un ton confiant, et je suis certain qu'avant longtemps je jouerai le rôle du père sévère lorsque le premier jeune homme demandera sa main.

– Oh, elle ne doit pas se marier trop jeune, protesta Patsy. Je ne le souhaite pas. C'est très bien pour Jacky, mais elle n'est pas encore prête pour ce genre de chose.

– Au nom du ciel, puis-je savoir de quel genre de chose il s'agit ? » demanda George, et son rire se joignit au sien tandis qu'ils se dirigeaient vers la salle à manger.

Nellie Calvert était déjà installée à sa place à la table. La jolie Nellie habitait à l'évidence un monde peuplé uniquement par elle-même et le jeune maître Custis. En guise de bonjour, elle dit que Jacky lui avait souvent décrit des matinées telles que celle-ci, ajoutant qu'il aimait tellement galoper le long du Potomac avant le petit déjeuner.

George ignora l'allusion à l'absence de Jacky. Dieu sait qu'il n'y avait pas la moindre chance que ce garçon devienne un jour un homme cultivé, mais il devait acquérir un peu d'éducation et de discipline s'il devait gérer correctement son confortable héritage.

C'est alors que la jeune Patsy entra dans la salle à manger. Ses jupes bruissèrent tandis qu'elle se penchait pour embrasser sa mère. Puis elle passa ses bras autour du cou de George. « Bonjour, Poppa », murmura-t-elle en lui effleurant l'oreille d'un baiser.

Il la regarda attentivement. Elle avait les joues colorées et le regard brillant. Sa robe bleue se reflétait dans les nuances caramel de ses yeux. « Comme tu es jolie ce matin, fit-il remarquer. As-tu bien dormi ma chérie ?

– Si profondément que j'ai cru ne jamais me réveiller », dit-elle en riant.

À ces mots un frisson glacé le parcourut.

Une jeune amie de Nellie, en visite à Mount Vernon, vint les rejoindre, et George déclara qu'il avait rarement le privilège de prendre son petit déjeuner entouré de trois jeunes femmes aussi ravissantes. En voyant Patsy hausser les sourcils, il se reprit aussitôt. « Quatre aussi jolies jeunes femmes », dit-il et ils éclatèrent de rire.

Après le petit déjeuner, il s'éclipsa et alla

faire un tour dans la propriété. Il était clair que la conversation allait dériver sur le futur mariage, que ces dames allaient parler robes et chaussures. La cérémonie étant prévue dans quatre ans, il imaginait que ce genre de discussion se répéterait souvent dans les mois à venir.

Lorsqu'il regagna la maison, il fut heureux d'y trouver son frère Jack ainsi que son épouse, Hannah, et deux de leurs enfants. George accueillit son frère avec affection, sa femme avec plus de réserve. Il soupçonnait que cette visite à l'improviste n'avait pas pour objet de les voir, Patsy et lui, mais de faire la connaissance de Nellie Calvert. Sa belle-sœur savait que Patsy et lui s'inquiétaient de ces rapides fiançailles.

Ce fut malgré tout un agréable et charmant après-midi, d'autant plus que la petite Patsy semblait se porter mieux et montrer plus d'entrain que d'habitude.

À quatre heures, lorsqu'ils quittèrent la table, elle alla dans sa chambre chercher une lettre qu'elle avait reçue de Jacky au collège. Peu après, elle fut prise d'une de ses crises coutumières et s'évanouit. Ce fut Nellie qui l'entendit tomber.

Cela ne ressemblait pas aux convulsions habituelles, lorsque le sang lui montait au visage et qu'elle se mettait à trembler. Cette fois-ci elle était si calme, immobile, que sa respiration était à peine perceptible. Sa vie ressemblait à une frêle bougie dans un vent violent. Le moindre mouvement suffirait à l'éteindre.

Avec un soin infini, George la releva et la porta sur le lit. Affolée, Patsy appela à l'aide, mais il avait vu la mort trop souvent pour se leurrer. Il tomba à genoux à côté du lit, prit la main de la jeune fille dans la sienne et, les larmes ruisselant sur ses joues, la voix brisée par les sanglots, il commença à réciter les prières pour les mourants.

Moins de deux minutes après, elle était morte. Ses larmes tombèrent sur les boucles qui auréolaient son front tandis qu'il l'embrassait et se relevait. Patsy, le visage blême d'angoisse, chercha les mains de sa fille et se mit à les frotter avec frénésie. Puis, réalisant qu'elle ne respirait plus, elle le regarda d'un air implorant.

Prenant sa femme dans ses bras, George sentit son premier sanglot de désespoir se briser contre sa poitrine. Il fit un signe de tête en direction des autres. « Laissez-nous seuls », commanda-t-il doucement. Lorsque la porte se referma sur eux, il blottit la tête de Patsy contre son épaule, mais avec un hurlement elle s'échappa de son étreinte et se jeta sur la forme qui gisait immobile sur le lit.

Juillet 1773
Mount Vernon

Durant les semaines qui suivirent, George chercha tous les moyens de distraire Patsy de sa profonde dépression. Lui-même souffrait cruellement de la perte de l'adorable enfant qu'il avait tant aimée, mais il ne se laissa jamais aller à son chagrin, passant le plus clair de son temps à essayer de soulager le désespoir de sa mère.

Les Fairfax ne manquèrent pas de lui apporter leur soutien. Sally venait presque chaque jour avec un plat appétissant, dans l'espoir d'inciter Patsy à se sustenter. Avec son caractère joyeux, Sally savait se montrer réconfortante et George la regardait avec reconnaissance persuader peu à peu Patsy que sa petite fille était morte à une période heureuse de sa vie, avant de devenir une véritable invalide, avant d'avoir à affronter le fait que sa maladie l'aurait empêchée de se marier et d'avoir des enfants.

Lorsque Patsy parlait de la tragique maladie de son enfant, Sally évoquait les fêtes et les bals où la jeune fille, ravissante dans sa robe neuve, était la reine de la soirée. Elle rappelait la joie de la fillette sur son poney, son émerveillement devant les surprises que contenaient les boîtes en provenance d'Angleterre. « Certes, il lui arrivait de pleurer quand elle était malade, disait Sally, mais je ne l'ai jamais vue pleurer parce qu'elle était malheureuse. Je pense que si nous avions eu la joie d'avoir une fille, j'aurais aimé lui donner autant de bonheur. »

George William venait souvent chercher Sally à la fin de la journée. Il semblait comprendre les sentiments de George et, sans rien dire, manifestait une compassion qui apaisait son âme tourmentée.

Un soir, un mois après le décès de la petite Patsy, tous deux prenaient un verre de vin dans le bureau et George William avait dit : « C'est cruel pour vous, aussi. Je vous ai envié l'adoration de cette exquise enfant. Bien sûr, on dit qu'un père est naturellement attiré par sa fille et réciproquement.

– Et que dit-on d'un beau-père ? » demanda George d'un ton amer, regrettant aussitôt ses paroles.

George William lui avait jeté un regard de sympathie. « Je suppose que la plupart des gens diraient qu'un beau-père éprouve probablement le même chagrin naturel qu'un père, mais qu'on ne lui accordera pas le même crédit. Mais le temps guérit tout – le chagrin comme le manque de compréhension. »

Songeur, George faisait tourner entre ses doigts le pied de son verre. « Je crains que la seule façon de consoler ma femme soit de faire revenir son fils à la maison. Elle a l'impression que la présence de Jacky l'aiderait à supporter sa douleur. Vous savez, Jacky est un Custis, il peut sincèrement partager sa peine.

– Si Jacky quitte l'université maintenant, il n'y retournera jamais. »

Les paroles de George William étaient une constatation ne laissant aucune place à la discussion.

« En effet, il n'y retournera pas. Mais sa mère pense qu'il pourrait être bon pour lui de se marier plus tôt. Ensuite, viendront les petits-enfants qu'elle aidera à élever. Elle aimerait que Nellie et Jackie s'installent ici une fois mariés, ou qu'ils se fassent construire une maison dans les environs. Et si Jacky préfère résider dans l'une des plantations des Custis, elle pourra toujours leur rendre visite fréquemment. »

Ôtant ses lunettes, George William s'avança vers lui et posa brièvement la main sur son épaule.

George lui adressa un sourire reconnaissant. « Vous n'ignorez pas que je ne peux aborder ce sujet avec personne d'autre que vous. Et pourtant, qui sait, tout finira peut-être par s'arranger avec le temps ? Nous vivons une époque troublée par plus d'un côté.

– Pour ce qui nous concerne, je suis certain que tout se terminera bien, dit George William. Patsy guérira de son chagrin et se tournera vers vous. Elle a seulement besoin de temps. Mais côté Colonies et Angleterre, je crains que nous ne courions au désastre.

– Ce qui complique grandement les choses pour vous. »

George savait combien le climat politique affectait George William. Probable héritier de lord Fairfax, il était pris sous les feux croisés de l'antagonisme entre l'Angleterre et les Colonies.

« Bon, à notre retour tout sera sans doute terminé et résolu. » Puis, comme George le regardait d'un air interrogateur, George William se dirigea vers la cheminée, s'appuyant du coude sur le manteau. « Nous avons décidé de partir vivre en Angleterre, dit-il. Comme vous le savez, mon avenir dépend de mes relations avec ma famille là-bas. Un grand éloignement provoque souvent une séparation sur le plan affectif. En outre, j'espère trouver à Bath un traitement pour mon arthrite avant qu'elle n'empire. »

George avait toujours su que les Fairfax partiraient un jour en Angleterre et qu'ils finiraient peut-être même par y résider. Mais il lui paraissait impensable de les perdre tout de suite.

« Dans combien de temps comptez-vous partir ?

– Dans quelques semaines. Je voulais vous prévenir le mois dernier quand... quand la tragédie est arrivée, et je n'ai pas voulu en parler depuis. Mais je ne puis me taire plus longtemps. »

George pensa aux vingt-cinq années qui s'étaient écoulées depuis qu'il était allé faire ses premiers relevés topographiques avec George William et qu'ils s'étaient immédiatement liés d'amitié. Au fil du temps, ils avaient fait des affaires, vendu outils et chevaux, discuté politique, chassé, et passé d'interminables soirées chez l'un ou chez l'autre. La pensée de perdre cet ami cher et Sally – ... et Sally... – l'emplit d'une souffrance presque aussi intolérable que celle qui avait suivi la mort de la petite Patsy.

« Ce sont de tristes moments, en effet, dit-il d'un ton accablé. Vous me prévenez seulement aujourd'hui de votre départ, et je m'aperçois que mon esprit se projette déjà vers le jour heureux, peut-être dans des années, où vous reviendrez. »

George William hocha la tête. « S'il existe une seule consolation à ce départ, c'est qu'il nous épargnera d'avoir à prendre parti pour ou contre la mère patrie. En Angleterre, je pourrai être une voix raisonnable dans les hautes sphères pour défendre la cause des Colonies. Ici, je suis trop malade pour combattre les Colonies, si un conflit devait avoir lieu, et je serais forcé de m'opposer soit à ma famille, soit à mes amis en prenant position. Bientôt, il sera impossible de parler d'une voix modérée pour l'Angleterre en Amérique. Mais en Angleterre, me semble-t-il, je peux être un colon réclamant pour mes compatriotes leurs droits en tant que sujets britanniques.

– Oui, quelques voix distinguées parlant en notre nom, démentant la légende que nous sommes de grossiers barbares plutôt que des Anglais, pourraient nous être très utiles », dit George.

George William se dirigea vers la carafe et remplit leurs deux verres. Il leva le sien comme s'il portait un toast. « Il y a longtemps, j'ai prédit que vous deviendriez un grand chef militaire. J'avais raison alors. Aujourd'hui, je prédis que si cette rébellion devient une révolution véritable, vous serez nommé pour la conduire.

– Je n'ai aucun désir de mener une révolution, protesta George. Dieu sait que je ne voudrais pas d'une telle tâche.

– Néanmoins, vous en serez chargé. Il faut vous y préparer, George. J'en ai la conviction.

– De quoi êtes-vous convaincu ? »

Sally se tenait sur le seuil de la porte. Elle semblait fatiguée et des ombres élargissaient ses yeux verts. « Patsy est montée se coucher. Je crois qu'elle a un peu meilleur moral ce soir », dit-elle à George, puis elle répéta sa question : « De quoi êtes-vous convaincu ?

– Que notre ami sera rappelé pour conduire l'armée », répondit George William.

Sally hocha la tête. « Rappelez-vous, il y a longtemps, je vous ai dit que George était promis à un grand destin. Et vous vous êtes tous les deux moqués de moi. »

George sourit.

« Je m'en souviens très bien. Je crois que nous avons ri parce que votre époux attendait une prédiction d'une tout autre sorte – quelque chose concernant une nouvelle calèche. »

Sally secoua la tête. « Seigneur, jeune Washington, vous avez une excellente mémoire ! Maintenant, même en cette période troublée, je désire faire une prédiction de mon propre cru. La tristesse passera et votre grandeur sera reconnue. J'en suis certaine. »

George la regarda calmement. « Et quand prévoyez-vous que les Fairfax de Belvoir reviendront d'Angleterre ? »

Il vit un soudain flot de larmes monter à ses yeux. Se mordant la lèvre, elle se détourna et prit le verre de vin que lui tendait George William.

« Je ne sais pas, dit-elle. Je ne sais vraiment pas. »

Quelques semaines plus tard, Patsy alla avec

lui accompagner les Fairfax au ferry qui les emmènerait pour la première étape de leur long voyage. George William lui serra vigoureusement la main, puis le prit par les épaules pour une brève étreinte. Le baiser mouillé de larmes de Sally s'attarda sur sa joue. Ensuite, ils ne furent plus que deux petites silhouettes faisant des signes de la main tandis que le ferry disparaissait de leur vue.

Patsy agita son mouchoir puis s'essuya les yeux. « Tant d'adieux, soupira-t-elle. Si nombreux. » Le médecin de famille et ami de longue date, le Dr Craig, était venu avec eux et se tenait un peu à l'écart. Il observa Patsy avec attention mais ne trouva apparemment aucune raison de faire de commentaire.

Sans prononcer un mot, tous trois regagnèrent la calèche. Alors qu'ils s'éloignaient du débarcadère, George fut saisi d'un profond sentiment d'abandon. Il était persuadé qu'il ne reverrait jamais Sally et George William. Était-ce possible que les jours de félicité fussent à jamais derrière lui ? Ces quatorze dernières années avaient été des années de bonheur. L'existence, désormais, ne serait-elle qu'une comparaison avec une époque révolue de leur vie ?

Il s'agita sur son siège avec impatience. Non, un chapitre finissait mais pas leur existence. Il allait continuer à embellir Mount Vernon. Se remettre à travailler sur ses plans lui donnerait un but et un sentiment d'accomplissement.

Si Patsy désirait que Jacky et Nellie se marient plus tôt, il ne s'y opposerait pas plus longtemps. Il fallait tout faire pour apaiser son chagrin. Si seule pouvait la consoler la perspective de concentrer son affection sur une nouvelle génération de Custis, qu'il en soit ainsi.

Dans les mois à venir, il importerait que Patsy trouve une raison d'être heureuse. Comment pourrait-elle supporter la menace qui pesait sur toutes les Colonies et remettait en cause le fondement même de leur existence ?

9 mars 1797
À l'Enseigne du Bateau
Chester, Pennsylvanie

L'auberge de M. O'Flynn s'appelait *À l'Enseigne du Bateau*. George avait le souvenir d'un endroit tranquille avec des lits confortables. Tandis que leur convoi s'arrêtait devant l'établissement, il espéra sincèrement que rien n'avait changé.

Engourdis et fatigués, ils descendirent de la calèche. Les routes avaient été moins détrempées et accidentées qu'il ne l'avait craint, mais la journée avait été longue et les cahots avaient visiblement épuisé Patsy. Elle ne parvint pas à retenir plus longtemps sa toux tandis qu'elle mettait pied à terre et était assaillie par le vent.

Il la prit par le bras et l'entraîna rapidement à l'intérieur. À sa grande déception, l'auberge était froide et parcourue de courants d'air. Le propriétaire se hâta à leur rencontre et leur servit un discours obséquieux sur le plaisir que lui procurait leur visite. Elle lui réchauffait le cœur, affirma-t-il.

Mais pas votre établissement, pensa George amèrement, et il demanda si le feu pouvait être ranimé. « Lady Washington est gelée. Et pouvez-vous bassiner les lits sans tarder ? Lady Washington est épuisée par le voyage. Et…

– Et lady Washington est morte de faim, l'interrompit Patsy en riant. Cessez de vous tracasser, mon vieil ami. Je vais très bien. »

Et c'est vrai qu'elle avait meilleure mine lorsqu'ils se retrouvèrent enfin tous à table et George se détendit en constatant que la cuisine méritait largement d'être dégustée, vêtu de fourrures si nécessaire. Toutefois, Patsy ne devait pas attraper froid. Elle ne devait pas tomber malade – pas maintenant. Il l'observait chaque fois qu'elle détournait la tête pour tousser. « Vous vous retirerez dès la fin du dîner, ordonna-t-il. Et si vous n'allez pas mieux demain, nous resterons un jour de plus.

– Il n'en est pas question. » Patsy secoua la tête avec véhémence. « Plus vite nous serons à la maison, plus vite je me rétablirai. La solution serait de voyager toute la nuit et d'y arriver plus rapidement. »

George parcourut la table du regard. « Quelqu'un a-t-il un message pour Philadelphie ? demanda-t-il. Je dois écrire à Lear pour lui demander de m'acheter certaines brochures.

– Pensez à lui rappeler de s'occuper des livrées. »

Le ton de Patsy ne suggérait en rien qu'il était supposé s'en être enquis avant leur départ.

« Sir, puis-je vous aider à rédiger quelques lettres ? »

Fred Frestal, le précepteur du jeune Lafayette, était un jeune homme agréable ; il offrait toujours son aide avec déférence et uniquement quand il sentait qu'elle avait une chance d'être acceptée.

George sourit. « En réalité si j'avais plus d'une page à écrire, j'accepterais volontiers votre aide, mais la rédaction de ma lettre se réduira à quelques lignes d'instructions à l'intention des domestiques de la maison.

– J'ai une ligne que vous pourrez ajouter, Grand-papa. » Les yeux de Nelly pétillaient bien que son ton restât hésitant : « Il semble qu'on ait oublié quelque chose de beaucoup plus important que les livrées, quelque chose que vous pourriez être horriblement triste de perdre. »

George reposa sa fourchette. Le regard de Nelly contredisait ses mots. « Je t'en prie, dis-moi ce que nous aurions pu oublier dans tout Philadelphie qui pourrait me faire une telle peine, dit-il.

– Je vais vous donner un indice, proposa Nelly. Ou plutôt deux. Ce sont des créatures vivantes. Vous adorez les entendre. Vous les aimez tellement que vous vouliez que d'autres en profitent.

– Tu as oublié tes perruches ? demanda George d'un ton incrédule. Après toutes tes protestations d'amour envers elles, après avoir déclaré que tu ne pourrais pas en être séparée un seul jour ! Tu les as oubliées !

– Pas vraiment, expliqua Nelly. Je les ai portées moi-même dans leur cage et ensuite j'ai laissé un instant la cage au bas de l'escalier pour courir dans ma chambre. Je croyais avoir oublié mon châle. Mais je me suis aperçue que j'avais mon châle et j'ai oublié de prendre la cage des perruches. Aussi, pouvez-vous recommander à Lear de les prendre avec lui, je vous prie ? »

George hocha la tête. « Mon seul regret est de ne pas avoir su que les charmantes créatures ne faisaient pas partie de notre cortège aujourd'hui. J'aurais été ravi de penser qu'elles étaient à Philadelphie.

– Oh, Grand-papa ! » protesta Nelly.

Lafayette beurrait généreusement une tranche de pain. « Le général est-il au courant à propos du chien ? » demanda-t-il à Nelly sournoisement.

George reposa à nouveau sa fourchette et regarda sa petite-fille. « Avons-nous aussi oublié le chien ? Ou devrais-je dire : tu as oublié ton chien ? »

L'expression et la voix de Nelly contenaient juste ce qu'il fallait de regret. « Je crains qu'il n'ait partagé le sort des perruches », avoua-t-elle.

Le jeune Lafayette éclata de rire ; le précepteur ne put dissimuler une expression d'amusement, et Patsy secoua la tête tout en s'efforçant d'étouffer un gloussement. George fut incapable de réprimer le sourire qui apparaissait sur ses lèvres. On ne s'ennuyait jamais à table avec les jeunes Custis.

Plus tard dans la soirée, après que Patsy et les autres furent montés se coucher, George écrivit à Lear. Il lui parla des miroirs, des livrées et des brochures. Puis, avec un soupir, il ajouta en post-scriptum : « Je suis chargé de vous recommander de n'oublier ni les perruches ni le chien. Pour ma part, je ne ferais pas un drame si on les laissait tous sur place. »

Ils passèrent la seconde nuit à Elkton, la troisième à Harford. Une violente tempête de neige les accueillit à l'approche de Baltimore. Le vent hurlait contre les vitres de la calèche et d'épais flocons de neige tourbillonnaient dans la lumière du jour finissant.

George secoua la tête. Il savait qu'ils seraient contraints d'avoir une escorte pour entrer dans Baltimore et il ne voulait pas que Patsy reste debout dans le froid à écouter les discours.

« Pourquoi faut-il que le pire des orages éclate quand le printemps s'annonce ? dit soudain Nelly. Cela ne sert vraiment à rien.

– Tu veux dire que la neige tombe alors qu'elle a toutes les chances de fondre aussitôt ? demanda George.

– C'est ça, répondit Nelly. C'est juste que je suis prête à accueillir le printemps et que je n'ai pas du tout envie de me réhabituer à la neige.

– Il y a beaucoup de choses dans la vie auxquelles on n'a pas véritablement envie de s'habituer, dit Patsy doucement, et j'espère que la pire est le temps.

– Oh, je sais, Grand-maman, dit Nelly, mais ce n'est pas seulement la neige. J'ai peur que si elle se transforme en blizzard, nous soyons obligés d'attendre un jour de plus et je déteste attendre quand j'ai très envie de quelque chose. Et j'ai terriblement envie d'être à la maison. »

Le sourire de Patsy fit place à une toux rauque. George la regarda avec inquiétude, mais elle se reprit rapidement. « Tu n'aimes ni l'attente ni le retard. Il est heureux que tu n'aies pas été le commandant en chef des forces révolutionnaires il y a vingt ans, dit-elle à sa petite-fille.

– Ni la femme du commandant, ajouta George. Patsy, vous souvenez-vous des tempêtes de neige de cette époque ? Il nous semblait que le ciel ne redeviendrait jamais bleu. »

Un martèlement de sabots les attira tous aux fenêtres. « C'est sans doute l'escorte, dit George, et à l'entendre, je parie qu'il s'agit d'une escorte nombreuse.

– Rien de plus normal, dit Patsy vivement. Il n'y aura jamais d'escorte assez nombreuse pour vous honorer comme vous le méritez. » Puis elle éclata de rire. « Mais nous devons admettre que certains des accueils ont été particulièrement originaux. »

George rit franchement et Nelly parut perplexe. « Bien sûr, vous parlez des jeunes filles et de leurs mères à Trenton – de la réception qu'elles m'ont offerte lors de la première investiture.

– Vous regretterez de ne plus avoir d'escorte, Grand-papa ? demanda Nelly. Je suppose que nous n'en aurons pas après notre retour à la maison, n'est-ce pas ?

– Lorsque nous serons rentrés à la maison, Washington le fermier n'aura pas besoin d'escorte, dit George. Et je crois que votre grand-mère ne verra pas d'inconvénient à avoir un vieil homme pour l'accompagner dans ses visites. »

L'escorte de Baltimore approchait. À travers le rideau de neige, ils virent les officiers dans leur uniforme impeccable, droits sur leur monture, se mettre en place à l'avant et à l'arrière des voitures.

Les yeux de Nelly brillaient d'excitation. « J'avoue que ce sera difficile de ne plus avoir d'escorte, dit-elle. J'y étais habituée depuis tellement longtemps, même quand j'étais petite.

– À dix-sept ans, huit années représentent un temps considérable, convint Patsy. J'étais beaucoup plus âgée lorsque j'ai été pour la première fois accueillie et escortée par des officiels. Je me souviens d'avoir écrit à mon amie Betsy Ramsey que j'avais l'impression d'être quelqu'un de très important. »

Elle commença machinalement à ajuster les rubans de son bonnet, lissant les cheveux qui bouclaient autour de son front, arrangeant son manteau. « C'était mon premier long voyage, dit-elle à Nelly. La première fois que je partais retrouver ton grand-père pendant la guerre. J'allais vivre avec lui à Cambridge. »

Elle joignit les mains dans son manchon. « Les journaux m'appelaient "La dame de Son Excellence". J'étais très nerveuse en voyant la foule se masser le long des trottoirs lorsque nous traversions une ville. Je m'efforçais de ne pas montrer que j'étais terrifiée. Mais, durant ce voyage, je crois avoir vraiment compris que si je devais devenir l'épouse de ton grand-père, je devrais me montrer à la hauteur.

– Vous ne vous étiez pas vus pendant si longtemps, dit Nelly. Vous avez dû être très heureuse de le retrouver. » Ses yeux contenaient une lueur rêveuse. « Un jour, quand j'aimerai quelqu'un, j'espère ne jamais être séparée de lui. Mais si nous devions l'être, je pense que nos retrouvailles seraient merveilleuses. »

George regarda Patsy. Il savait que les mêmes souvenirs traversaient son esprit. Un éclair malicieux brilla dans son regard : « Oh, ta grand-mère et moi avons eu des retrouvailles très terre à terre. Une demi-heure après son arrivée, elle recousait les boutons de mon uniforme.

– Les boutons ! »

Nelly parut décontenancée.

Et, au grand amusement de George, une très légère rougeur monta aux joues de Patsy.

Août 1773 – mai 1775
Mount Vernon

Après le départ des Fairfax, George s'attela à suivre l'emploi du temps qu'il s'était fixé. Saisi d'une énergie débridée, il détermina le programme des extensions de la maison principale – la bibliothèque et la chambre orientées au sud et la salle de bal au nord –, dessina les plans, donna des instructions précises pour chaque élément des constructions, comme s'il soupçonnait qu'il ne serait pas là pour superviser les travaux en personne.

Aucun détail ne lui échappait, ni à l'extérieur ni à l'intérieur. La cuisine avait besoin de rénovations. Il les mena à bien. Il fallut commander des rouets, des faux, inspecter outils et instruments. Préparation et prévoyance… D'une certaine façon, il ne pouvait pas oublier l'avertissement de George William.

La situation politique empira. George découvrit que l'honneur lui dictait de participer activement à la rupture des liens avec l'Angleterre. Par prudence, il recommanda aussitôt d'entraîner la milice. Il participa au jour de jeûne décrété pour protester contre la fermeture du port de Boston.

Bien qu'il s'efforçât de passer le plus de temps possible auprès de Patsy après le départ des Fairfax, il avait l'impression qu'elle se fermait à lui, l'excluait. Oh, il savait que ce n'était pas délibéré de sa part. Mais elle continuait à utiliser des expressions comme « si vous pouviez seulement comprendre... ». Il écrivit à contrecœur au King's College, les priant de renvoyer Jacky à la maison, même s'il protestait en son for intérieur que son amour et sa présence auraient dû suffire à réconforter sa femme. Mais rien ne semblait pouvoir calmer ses larmes la nuit.

La gratitude de Patsy lorsqu'il envoya cette lettre lui fut aussi cruelle que son silence blessé lorsqu'il avait tenté de retarder le retour de Jacky. Jacky était le seul à pouvoir comprendre. Il était le frère de la petite Patsy... c'est pourquoi elle souhaitait le voir marié... et bientôt il y aurait les enfants... peut-être même une petite fille qui ressemblerait à la petite Patsy. George se demanda quelle était sa place dans le tableau.

Cependant, en surface, la vie semblait assez calme. Il n'y avait aucun signe apparent d'un bouleversement à venir. Peut-être existait-il des tiraillements dans le gouvernement mais, quand la Maison des Bourgeois se réunit à

Williamsburg, la plupart des membres assistaient encore au dîner officiel du gouverneur.

Si une guerre éclatait, Mount Vernon pourrait être une cible pour les vaisseaux britanniques, mais à voir les dépenses consacrées aux travaux, personne n'aurait pu le supposer.

Patsy et lui se comportaient presque comme des étrangers, chacun de plus en plus absorbé dans ses pensées, dans ses chagrins. Cet éloignement grandissant restait néanmoins invisible aux yeux des invités qui séjournaient à Mount Vernon ou des amis auxquels ils rendaient visite.

En février 1774, Jacky et Nellie se marièrent. Patsy préféra ne pas assister à la cérémonie chez les Calvert dans le New Kent. Elle craignait de gâcher les festivités en pleurant la jeune fille qui ne serait pas demoiselle d'honneur. George s'y rendit sans elle et s'efforça de participer à la joie générale et de ne pas montrer sa désapprobation.

Après le mariage, le moral de Patsy sembla remonter. Elle prit un intérêt plus marqué à l'avancement des travaux et écouta plus attentivement les conversations qui avaient trait au conflit avec l'Angleterre.

Au mois de septembre suivant, George alla à Philadelphie en tant que délégué élu du Congrès continental. Il avait décidé d'y assister en uniforme mais dut se rendre à la raison : on ne pouvait décemment pas se rendre à un congrès qui se réunissait pour envisager une déclaration de guerre dans l'uniforme de la partie adverse.

Il choisit donc l'uniforme bleu et rouge qu'il portait durant la bataille contre les Français et leurs alliés indiens.

Lors de cette séance, on lui confia le commandement de la milice du comté et l'hiver se passa à recruter et entraîner les soldats. Il était frappé par les visages enfantins de ces jeunes hommes pleins d'enthousiasme. Il savait qu'ils s'endurciraient au combat. Avec une impatience mal dissimulée, il observait la maladresse de certains d'entre eux – des jeunes qui visiblement avaient rarement tenu un fusil entre les mains. Mais le soldat en lui prenait ensuite le dessus et il faisait sèchement remarquer à l'instructeur les faiblesses, défaillances et défauts de chacun. Bon Dieu, si vous avez une armée, vous avez une armée, pas une bande de lourdauds.

Un second Congrès continental avait été convoqué pour le mois de mai suivant. Pendant la période qui précéda, la salle à manger de Mount Vernon se transforma en salle de réunion. Carter, Gates et Lee venaient régulièrement ; Patrick Henry, Pendleton, Robinson, Mason… Les débats étaient calmes et graves. Ce serait au prochain congrès qu'il faudrait prendre les décisions et établir le degré de préparation nécessaire pour mettre en œuvre rapidement les décisions qu'ils jugeaient inévitables.

Il aurait voulu tenir Patsy à l'écart de ces discussions mais ce n'était pas possible. Elle écoutait, questionnait, semblait peser et mesurer les réponses. Il l'aurait pourtant crue incapable de concevoir l'imminence d'une guerre, traitant plutôt le problème comme une querelle familiale. Elle gardait toujours une certaine réserve, mais riait parfois des plaisanteries qui allégeaient l'atmosphère sérieuse des réunions. Elle restait une hôtesse irréprochable en toutes circonstances et ses invités complimentaient George sur sa table.

Souvent les conférences se prolongeaient tard dans la soirée et Patsy les priait de l'excuser et allait se coucher. À l'époque où elle s'endormait la tête contre son épaule, tous deux aimaient bavarder quelques instants avant de sombrer dans le sommeil. Même les nuits où elle se retirait en premier, avant la mort de la petite Patsy, il passait machinalement un bras autour d'elle et l'attirait contre lui. Mais depuis, il se couchait sans faire de bruit. Elle paraissait endormie et il craignait de provoquer une de ses fréquentes crises de larmes. Il prenait soin de se glisser dans le lit en remuant le moins possible.

Il lui arrivait de rester éveillé pendant des heures, à envisager avec lucidité les problèmes qu'ils auraient à affronter. Les gens ne comprennent pas la réalité d'une guerre avant d'y être plongés. Pour la plupart, il s'agit juste d'une histoire d'uniformes et de parades. La guerre, c'était la saleté, la boue, la dysenterie, les blessures ; c'étaient les provisions avariées et l'eau contaminée ; c'étaient les corps disloqués et la séparation d'avec les êtres chers ; c'était l'appauvrissement ; le retour à une vie de labeur ; l'angoisse et le découragement ; la jalousie et les conflits intérieurs. Et c'était pour demain.

À ce point de ses réflexions, il commençait à tendre son bras, cherchant la douce chaleur de Patsy contre lui. Chaque fois, il le retirait.

Il partit pour le Congrès en mai, sanglé à nouveau dans son uniforme bleu et rouge. Quand vint l'heure du départ, Patsy l'accompagna jusqu'à la porte et sortit avec lui sur les marches du perron. Il l'avait vue habillée en noir pendant près de deux ans et avait presque oublié le plaisir de la voir vêtue de couleurs. Elle portait une robe matinale dont le bleu se reflétait dans son regard chaud. Ses cheveux jadis d'un brun chatoyant étaient striés de gris, mais les petites mèches qui s'échappaient de son bonnet et bouclaient autour de son front et de ses oreilles lui donnaient un air de jeunesse émouvant.

Autrefois elle se serait agrippée à lui, en pleurs à la pensée d'une séparation d'un mois. Aujourd'hui, elle leva simplement la tête vers lui quand il lui prit la main. Elle parut sur le point de parler, mais aucun mot ne franchit sa bouche. Elle qui avait versé tant de larmes à la mort de son enfant avait les yeux secs. D'un côté, son calme le rassura. De l'autre, il se demanda si le temps où elle pleurait pour lui était à jamais passé. « J'écrirai dès mon arrivée à Philadelphie, dit-il. Au revoir, ma très chère. »

Il posa un baiser sur ses lèvres et ses joues et crut sentir trembler la main qu'il tenait dans la sienne, pourtant son « Au revoir, George » ne trahit rien. Conscient que Richard Henry Lee et Jacky l'attendaient en bas des marches, il fit un pas en arrière et elle lui retira sa main. Le valet avança la calèche et George descendit l'escalier. Cet adieu sonnait faux. Il aurait voulu revenir sur ses pas et serrer Patsy contre lui, un court instant, mais il craignit de la gêner en présence des autres.

Le cœur lourd, il monta dans la voiture. Il pencha la tête par la fenêtre, leva le bras vers elle et son au revoir se noya parmi ceux que les autres lançaient avec entrain. Avant qu'ils ne disparaissent sur la route, il regarda en arrière. Elle se tenait toujours à la même place, minuscule silhouette à peine visible. Le soleil venait de se lever et les premiers rayons éclairaient les fenêtres et dansaient à travers les arbres qui bordaient l'allée. La rosée du matin ne s'était pas encore évaporée et la peinture blanche de la maison étincelait. Il eut le pressentiment qu'il ne reverrait pas Mount Vernon et Patsy avant longtemps. Il la regarda avec anxiété agiter la main dans un dernier adieu.

À l'auberge où ils s'arrêtèrent pour dîner, Lee lui rapporta avec émotion les encouragements que Patsy avait adressés aux délégués. « J'espère que vous tiendrez bon. Je sais que George ne cédera pas. »

En entendant ces mots, George se leva et s'éloigna de la table. Si Patsy pouvait parler ainsi à ses amis et à son fils, pourquoi restait-elle muette avec lui ? Pourquoi cet abîme entre eux à l'heure où ils avaient le plus grand besoin l'un de l'autre ?

Mai 1775
Philadelphie

À son arrivée à Philadelphie, George découvrit que de nombreux membres du Congrès avaient passé l'hiver à ruminer les mêmes sombres questions que lui-même s'était posées. C'était très bien de parler de droits, mais les Colonies étaient pauvres. En outre, elles étaient divisées, et beaucoup considéraient George III comme leur souverain légitime. Elles étaient nombreuses à juger aberrant ce combat d'une souris contre un tigre avec la ruine presque certaine pour résultat.

Et pourtant, une fois recensés tous les éléments négatifs, la plupart des délégués montrèrent la même conviction inébranlable et déclarèrent qu'ils ne céderaient pas au despotisme. Ils perdraient probablement tout ce qu'ils avaient dans la bataille, mais au moins perdraient-ils avec honneur.

Les arguments pour et les arguments contre, les détails fastidieux, les élans de patriotisme, les disputes… George écouta et observa ; il approuva la résolution de lever et d'envoyer des compagnies à Boston pour venir en aide à la ville assiégée. Même s'il exprimait son adhésion, il était douloureusement conscient d'être le seul délégué en uniforme et savait que son passé militaire était le sujet d'intenses discussions.

Le 14 juin eut lieu le débat concernant la nomination du commandant en chef des troupes américaines. Lorsque John Adams entama son discours, George ne put que hocher la tête en signe d'assentiment. Adams dit que si des renforts n'étaient pas envoyés pour soutenir les troupes coloniales qui harcelaient les Britanniques devant Boston et si on laissait cette armée se dissoudre on n'en lèverait jamais de nouvelle. Adams frappa le bureau du plat de la main pour souligner son point de vue. « Le temps est venu de présenter un front uni devant le roi », tonna-t-il.

Puis, d'un ton plus calme, il désigna celui qu'il croyait le mieux fait pour commander l'armée des Colonies. Consterné, George entendit le petit homme au franc-parler prononcer son nom. Les têtes se tournèrent dans sa direction et il finit par se lever et quitter la salle en silence. S'ils devaient discuter de ses points forts et de ses handicaps comme chef militaire, sa présence serait une gêne.

Il regagna la pension où il logeait et y demeura toute la journée et la plus grande partie du lendemain. Selon toute vraisemblance, les délégués accepteraient cette proposition. Son honnêteté l'obligeait à regarder la réalité en face, son humilité le faisait douter de sa capacité à accomplir cette tâche. Pendant les trente-six heures suivantes, il demeura enfermé dans ses quartiers, fit le point sur ses affaires personnelles, nota tout ce qu'il lui restait à terminer. S'il devait partir pour Boston, il lui faudrait établir un nouveau testament. Un homme pouvait aussi bien mourir au cours d'une escarmouche que sur le champ de bataille et son précédent testament n'était plus valable.

Il se résigna au fait que, s'il devait être choisi, il lui faudrait se rendre directement à Boston. Quel que soit son désir, il ne pourrait aller une dernière fois à Mount Vernon. La séparation ne durerait peut-être que quelques mois. Si le roi comprenait la détermination des Colonies à rester unies, une rapide et juste réconciliation serait possible. Il pourrait alors rentrer chez lui pour Noël. Mais le siège de Boston n'était probablement que le début de mois et d'années de batailles à venir.

S'il ne rentrait pas, il lui faudrait écrire à Patsy. Comment le lui annoncer ? Pourquoi n'avaient-ils pas surmonté la tristesse qui s'était installée entre eux avant son départ ? Arpentant la pièce, George se rappela les quatorze années de bonheur qui avaient pris fin à la mort de la petite Patsy. Durant ces derniers mois, occupé par les affaires des Colonies, était-il possible qu'il ait négligé sa femme ? En émergeant de son immense chagrin, Patsy se serait-elle tournée vers lui s'il n'avait été pris par les réunions, les manœuvres ou les problèmes du gouvernement ? Même s'il avait été le père naturel de l'enfant, Patsy aurait-elle voulu de la même façon s'enfermer dans son chagrin ? Les mères sont persuadées d'éprouver des sentiments plus profonds à l'égard des enfants. Les pères sont, en général, tenus à l'écart.

Puis il y avait eu tous ces problèmes avec Jacky, les études, le mariage. Son opinion et ses conseils avaient été purement et simplement ignorés. Tout eût été tellement plus facile s'il n'y avait pas attaché d'importance, tellement plus facile s'il s'était contenté du rôle de beau-père et de second mari. Mais, longtemps auparavant, il était parvenu à étouffer son amour romantique pour Sally parce qu'il avait besoin d'être le premier dans la vie de sa bien-aimée. Le même besoin d'être le premier l'avait aidé à effacer le désastre de Monongahela. Il l'avait soutenu dans sa volonté de faire de la maison de Mount Vernon une superbe propriété.

Alors pourquoi ne pouvait-il pas être le premier dans le cœur de son épouse qui était l'âme et le centre de son existence ?

On frappa à la porte et, lentement, George alla ouvrir. Plusieurs des délégués souhaitaient lui parler. Les mots qu'ils prononcèrent furent ceux qu'il redoutait d'entendre. Comme s'ils apportaient la bonne nouvelle, ils dirent : « Bonsoir, général. »

Après leur départ, George alla faire une longue promenade. Il partirait sur-le-champ pour Cambridge. Patsy lui manquerait-elle ? Bien sûr. Il écrirait à Jacky et à Nellie et leur demanderait d'aller s'installer à Mount Vernon auprès d'elle. Dieu merci, il y avait Lund, qui était un bon régisseur. Patsy et lui pourraient s'occuper de Mount Vernon.

La soirée était chaude et humide. Il parcourut les rues, s'engagea dans des allées tranquilles. Il passa devant un magasin de tissus qui exposait des étoffes colorées dans sa vitrine. Un motif de fleurs bleues sur un fond blanc retint son attention. George hésita un instant puis jeta un coup d'œil à l'intérieur. Le vendeur était encore là. Il entra. Quelques minutes plus tard, il ressortait avec un métrage de tissu suffisant pour confectionner une robe pour Patsy. Le marchand lui avait assuré que c'était, de loin, le plus joli tissu qu'on eût jamais vu dans toutes les Colonies. Patsy porterait la robe cet été à Mount Vernon.

Mais il ne serait pas là pour la voir.

Juin – novembre 1775
Cambridge, Massachusetts

Il partit dans la matinée du 23 juin pour Boston. Il avait acheté un nouveau phaéton et renvoyé la calèche à Mount Vernon, mais, comme à l'accoutumée, il fit le début du voyage à cheval. Il lui était plus facile de réfléchir, d'établir des plans, quand il était dehors, les rênes à la main, accélérant et ralentissant l'allure à sa guise. L'accompagnaient ses nouveaux aides de camp, Thomas Mifflin et Joseph Reed, et deux de ses généraux, Charles Lee et Philip Schuyler.

Le trajet jusqu'à Cambridge prit une semaine. À Newark, New York, New Rochelle et New Haven – tout au long de la route, l'accueil enthousiaste que lui réservèrent les habitants le réconforta. Il apprit aussi que de nouvelles milices se constituaient dans toutes les Colonies.

Mais lorsqu'ils atteignirent Cambridge, il pleuvait et personne ne semblait au courant de leur venue. Il lui parut symbolique d'arriver à destination couvert de boue, sans avoir été annoncé et mal accueilli. C'était la fin des honneurs et le début de la guerre.

Les contrariétés commencèrent aussitôt. Le premier différend survint quand il découvrit que ses officiers et lui devaient séjourner dans la maison de Samuel Langdon, le président de l'université de Harvard, et que le propriétaire était confiné dans une seule pièce. Washington prit connaissance des dispositions et décida de trouver sur-le-champ une autre maison.

Longtemps auparavant il s'était irrité de ce qu'un officier des troupes royales de rang similaire au sien puisse avoir plus de poids que lui. Il apprit sans surprise que les plaintes se multipliaient concernant les nominations dans l'armée américaine. Les généraux de la Nouvelle-Angleterre avaient des raisons d'être mécontents. Certains, parmi les meilleurs, se retrouvaient sous les ordres d'officiers qu'ils avaient commandés dans les forces du Massachusetts – et cette situation était le résultat de la stupidité du Congrès.

Les premiers jours à Cambridge lui firent découvrir l'étendue de la tâche qui l'attendait. Les Anglais occupaient Boston, mais la géographie des lieux assurait aux continentaux une protection contre une attaque-surprise. Il trouva plus de poudre qu'il n'en avait espéré, mais moins de fusils. Les fortifications étaient désespérément insuffisantes. Si les Britanniques avaient eu une vague idée de l'état de dénuement dans lequel ils étaient, ils auraient réglé l'affaire sans tarder en passant à l'attaque avec toutes leurs forces.

Il n'avait pas compté sur une armée aussi nombreuse. La bataille de Bunker Hill lui avait prouvé que les hommes étaient courageux. Néanmoins ils lui semblèrent débraillés, indisciplinés et mal entraînés.

George comprit qu'il n'y aurait pas de confrontation immédiate. Sa mission pour l'instant serait de maintenir le siège de Boston. Entre-temps, il s'efforcerait de constituer une armée à partir des forces continentales.

Il s'installa dans un nouveau quartier général, la maison réquisitionnée d'un loyaliste. Là, entouré de ses officiers, il entreprit de créer une véritable armée. Chaque jour, il attendait une attaque-surprise de la part des Britanniques. Le fait que les « homards », comme ses hommes appelaient les tuniques rouges, ne se manifestent pas était inquiétant et démoralisant. Les Britanniques avaient-ils seulement l'intention de les tenir en haleine, de les laisser nourrir et entraîner près de vingt mille hommes jusqu'à ce que l'hiver les oblige à se disperser ? Cette guerre se gagnerait-elle au seul plan des dépenses et de l'intendance ?

Il nourrissait et entraînait dix-neuf mille hommes chaque semaine et la seule action à laquelle la plupart d'entre eux participèrent fut une éventuelle escarmouche.

L'automne arriva. Durant les rares moments de détente qu'il s'accordait, George reposait sa plume et marchait jusqu'à sa fenêtre pour contempler les couleurs flamboyantes du paysage, les verts, les bruns, les jaunes de la Nouvelle-Angleterre. Il avait souvent envie de sortir et de faire une marche dans l'air froid et revigorant, comme à Mount Vernon lorsqu'il descendait à travers bois jusqu'à la rive sablonneuse du Potomac.

La beauté resplendissante de la campagne l'emplissait alors de fierté. Pour lui aucun endroit sur terre n'aurait jamais l'attrait de Mount Vernon mais, depuis son arrivée à Cambridge, il avait appris à apprécier cette jolie ville, les belles fermes, et les efforts obstinés des fermiers pour cultiver ce sol ingrat.

Les habitants de la Nouvelle-Angleterre possédaient une énergie, une résistance qui résultaient probablement de ce climat vivifiant.

Du nord au sud, de ces fermes aux plantations luxuriantes de Virginie, c'était une terre pour laquelle il valait la peine de se battre, une terre qui aurait finalement donné le premier rôle au fils dans la maison du père.

Pendant ces moments où il se tenait appuyé au rebord de la fenêtre, perdu dans sa contemplation, George sentait s'apaiser ses tourments. Comme si l'avenir lui apparaissait : un futur où les treize Colonies repousseraient leurs frontières vers l'ouest, où des géomètres, qui n'étaient pas encore nés, délimiteraient de nouveaux domaines au sein de forêts encore vierges. L'Empire britannique était régi par une île minuscule. Quelle plus grande promesse de puissance existait-il pour ces Colonies quand elles avaient l'espoir de pouvoir s'étendre sur leur propre territoire ?

Puis il regagnait son bureau, ragaillardi, encore plus conscient de son rôle. Il n'était pas seulement commandant en chef des Colonies révolutionnaires. Il était l'un des planteurs que la Providence avait choisis pour que lève la graine d'une grande nation.

C'était cette pensée qui l'aidait à maintenir une atmosphère de confiance parmi son état-major et devant les troupes. Personne ne devait voir le tableau tel qu'il le voyait : l'inquiétante faiblesse générale des forces coloniales.

Il avait fréquemment des nouvelles de Lund et de Patsy. L'un et l'autre lui écrivaient comme s'ils comprenaient ce qu'il voulait entendre. Patsy lui faisait le récit de la situation à la maison. Elle donnait un point de vue féminin sur les travaux d'agrandissement. Elle le tenait informé de la naissance des poulains, lui rapportait les potins concernant les esclaves.

Elle lui décrivit avec enthousiasme leur nouvelle chambre. Elle y avait fait apporter leurs meubles et l'occupait déjà. « Elle est très belle, écrivait-elle, et je suis certaine que vous serez satisfait. La vue est magnifique, par tous les temps. Le mobilier s'y trouve parfaitement à sa place. Le tapis a été posé avec soin. Les cabinets de toilette sont idéalement situés. Vous apprécierez certainement la commodité du vôtre. En vérité, l'impression générale de ces nouveaux appartements est si conforme à vos goûts qu'il m'arrive parfois, lorsque je suis couchée, d'attendre le bruit de votre pas. »

Dans sa première lettre, où il la prévenait qu'il ne reviendrait pas, il l'avait priée de ne pas donner cours à son chagrin car il ne l'aurait pas supporté. Il n'avait jamais reçu une seule lettre de plainte. Elle ne disait pas qu'il lui manquait. Mais « le soir elle attendait le bruit de son pas ». Il s'interrogeait sur toutes ces nuits où il la croyait endormie quand il allait dans la chambre. Peut-être était-elle éveillée après tout. Avait-il donné l'impression de lui tenir rigueur de son inconsolable chagrin ?

Il avait cru qu'elle ne lui accordait pas suffisamment d'intérêt. Pourtant toutes ses lettres disaient : « Vous serez content de savoir », « je crois que vous aimerez », « je souris en pensant à votre probable réaction à… »

Comme si elle voyait la vie à travers ses yeux. N'était-ce pas une preuve d'amour ? Il avait envie de la revoir. Son besoin d'elle habitait tout son être.

Lund le tenait informé en détail de toutes les améliorations apportées à Mount Vernon. Lord Dunmore, le gouverneur britannique de Virginie, s'était embarqué avec sa famille sur un navire de guerre et menaçait de bombarder les maisons le long du Potomac.

Lund estimait qu'il fallait remettre à plus tard les travaux d'agrandissement. Si la maison était brûlée, ce serait du travail inutile et beaucoup d'argent gâché. Ses papiers étaient rangés et mis à l'abri dans un endroit sûr. Le régisseur ajoutait que Mme Washington s'était chargée elle-même de cette tâche.

Ensuite vint le message qui lui glaça les veines. Lund s'inquiétait pour Patsy. Selon lui, beaucoup de Virginiens croyaient que Dunmore projetait de raser Mount Vernon et de s'emparer de la femme du commandant en chef comme prisonnière de guerre.

La nouvelle laissa d'abord George incrédule. Lord Dunmore était un aristocrate. C'était un gentleman qui ne s'attaquerait pas à une femme sans défense. Non. Il ne tenterait pas délibérément de s'en prendre à Patsy. Mais il en allait différemment pour Mount Vernon. La plantation était sa fierté et cet attachement était une source de respect et d'amusement pour ses amis. Dunmore n'était certes pas sans le savoir.

Pourquoi dans sa rage n'anéantirait-il pas ce que le général Washington avait mis des années à bâtir ? Après tout lui, Washington, essayait bien de ruiner le système auquel Dunmore était profondément attaché. Et si Dunmore bombardait Mount Vernon, Patsy s'y trouverait certainement.

Heureusement, Lund avait fait des plans pour mettre Patsy à l'abri. À peine le bateau en vue depuis dix minutes, elle serait en route pour une cachette qu'on lui avait préparée chez des amis. George savait que souvent ces avertissements de dix minutes n'existaient tout simplement pas. Un vaisseau pouvait s'avancer dans un épais brouillard et commencer à bombarder avant que l'alarme soit donnée.

Cette pensée creusa son front, accentuant son air naturellement sévère. Bientôt son aide de camp, Reed, lui laissa discrètement entendre que les hommes trouvaient leur commandant hautain et réservé. Peut-être pourrait-il se détendre un peu.

Or, s'il lui arrivait de se détendre, c'était dans les dîners et réunions où certaines des épouses de ses officiers ajoutaient une touche de gaieté à l'atmosphère. Il appréciait en particulier la jolie Kitty Greene, la femme d'un de ses plus fidèles officiers, Nathanael Greene. Kitty était la nièce d'un important représentant de Rhode Island. Elle était très amoureuse du solennel Nat Greene, mais un brin coquette de nature. Elle se montrait déférente envers George au début de la soirée, puis son caractère joyeux prenait le dessus et lui-même se retrouvait en train de rire de ses mots d'esprit.

À la minute où les musiciens commençaient à jouer, ses pieds se mettaient à battre la mesure. Un soir, Kitty se planta devant lui, fit la révérence et dit : « Votre Excellence, la rumeur dit que vous êtes le meilleur danseur de toute la Virginie. Puis-je vous aider à prouver la réalité de cette réputation ? »

George éclata de rire et se leva d'un bond. Nat Greene secoua la tête et rit à son tour. George n'avait pas dansé depuis des mois, mais c'était un exercice aussi naturel pour lui que de marcher ou monter à cheval. S'il ne connaissait pas certains pas, il lui suffisait de jeter un coup d'œil aux autres danseurs pour les saisir.

Kitty était une partenaire exquise, légère et gracieuse. Soudain il sut qui elle lui rappelait. Mon Dieu, elle ressemblait tellement à Sally vingt ans plus tôt. Et Nat Greene, incapable de profiter de la danse à cause de son genou raide, aurait pu être George William assis à l'écart avec son rhumatisme.

La comparaison incita George à danser de plus belle. Les musiciens, constatant son entrain, jouèrent plus longtemps que prévu. L'un après l'autre, les autres couples s'arrêtèrent jusqu'à que Kitty et lui restent seuls à danser. Enfin, lorsqu'elle fut rouge comme une pivoine et hors d'haleine, il la ramena à son mari.

« J'avoue manquer légèrement d'entraînement ce soir, dit-il avec le plus grand sérieux, mais un autre soir nous verrons combien de temps nous pourrons tenir. C'est toujours bon de prendre la mesure de ses capacités, même sur une piste de danse. »

Kitty reprit sa respiration, assez pour répliquer avec une égale gravité : « Votre Excellence, puis-je vous assurer que votre réputation de meilleur danseur de toute la Virginie est méritée ? Et en Nouvelle-Angleterre je n'ai jamais connu pareil partenaire. »

Ce fut une belle soirée. Le sentiment de bonne humeur et de plaisir demeura en George jusqu'au moment où il se retira. Billy avait chauffé le lit et replié les couvertures. Il attendait pour lui retirer ses bottes et prendre sa veste. Mais ce n'était pas Billy qu'il désirait voir là. Il aurait voulu que Patsy fût avec lui. Il lui aurait demandé à qui Kitty Greene lui faisait penser et, bien sûr, elle l'aurait su. Il l'aurait taquinée en suggérant que le jeune Hamilton était un atout important pour la cause. Il savait que le mélange d'arrogance et d'orgueil de l'homme irritait profondément Patsy. George se rappela qu'il avait toujours apprécié les observations pertinentes de sa femme sur les gens. Elles l'aidaient à clarifier ses propres impressions et à aller à l'essentiel.

Lorsque Billy eut quitté la pièce, George soupira et se leva. Il était mort de fatigue mais se sentait nerveux et soudain de mauvaise humeur. On était déjà en novembre et Noël approchait. À quoi ressemblerait Noël ici, si loin de chez lui ?

À moins... à moins, puisqu'il ne pouvait pas aller la retrouver à Mount Vernon, que Patsy vienne le rejoindre. Il écarta aussitôt cette pensée. C'était impossible. Il faisait trop froid et l'année était trop avancée. Les routes seraient mauvaises et Patsy n'avait jamais mis le pied au nord de la Virginie.

Mais des heures plus tard, toujours éveillé, George prit une décision. Dans la matinée il écrirait à Patsy et lui demanderait de venir le rejoindre.

Décembre 1775
Cambridge

Le lendemain matin quand il écrivit, George prit soin de rédiger sa lettre à Patsy sous la forme la plus négative. Il mit un honneur presque pervers à lui faciliter un refus à son invitation. Il souligna que les routes étaient mauvaises et qu'il était tard dans la saison. Elle se réjouissait probablement d'aller rendre visite à sa sœur Nancy Bassett et de profiter de la présence de ses parents. La Nouvelle-Angleterre serait un endroit froid et neigeux pour passer Noël.

Dans le même temps, il écrivit un billet à Lund disant qu'il avait invité Patsy mais ne l'attendait pas.

Des semaines s'écouleraient avant qu'il puisse espérer une réponse. George passa presque chaque heure de ces semaines absorbé par la tâche ardue de tenir en main son armée. Quantité d'enrôlés finiraient leur service en décembre. En conséquence, après des mois passés à entraîner et nourrir les troupes, il devait maintenant les relâcher sans avoir rien obtenu de bon de leur part.

Les déboires du général Arnold au Canada et le désastre de cette campagne s'ajoutèrent à son malheur. Le bois était si rare qu'il était impossible de construire des baraquements et d'avoir de quoi se chauffer à la fois.

Le soir, juste avant de s'endormir, il parvenait pendant quelques minutes à détourner ses pensées de la guerre. Quelle serait la réponse de Patsy ? Il revivait sans cesse le moment où il lui avait dit au revoir. Il aurait dû l'embrasser, ne pas se soucier de la présence des autres.

Son mauvais caractère ne s'améliorait pas et il savait qu'il était injuste de faire supporter à ses subordonnés ses problèmes, personnels ou non. Il se forçait donc à afficher une sérénité extérieure, même si la plus légère marque de stupidité ou de négligence le mettait hors de lui.

Puis, simultanément, il eut des nouvelles de Patsy et de Lund. Elle venait, elle venait aussi vite qu'une calèche pourrait parcourir les routes enneigées depuis la Virginie jusqu'à Cambridge. Dans sa lettre, écrite à la hâte, avec encore plus de fautes d'orthographe que d'habitude, elle disait simplement : « Si vous ne m'aviez pas demandé de venir, je serais quand même venue vous retrouver. »

De Lund, il reçut à peu près les mêmes nouvelles. Mme Washington avait toujours dit qu'elle irait retrouver le général s'il ne rentrait pas à la maison. Mme Washington avait mobilisé tous les esclaves pour préparer des provisions qu'elle emporterait à Cambridge. Mme Washington se mettrait en route dans quelques jours. Mme Washington serait accompagnée par M. et Mme Custis.

À son allégresse succéda l'inquiétude. Comment réagirait Patsy à la vue de la maison qu'il habitait à Cambridge ? Il faudrait la nettoyer de fond en comble avant son arrivée. Durant la journée, elle aurait besoin d'une pièce pour recevoir ses invités – le petit salon face à l'entrée ferait l'affaire. Pour Noël – il espérait qu'elle serait là –, il trouverait des hommes pour couper des branches et du gui. Patsy devait avoir l'impression d'un vrai Noël de la Nouvelle-Angleterre.

Puis il retourna à ses papiers. Le bois manquait toujours. Il ne fallait pas compter sur les régiments du Connecticut pour se rengager. Un traître était parvenu à s'introduire dans Boston, avertissant les Britanniques que c'était le moment d'attaquer. Il y avait de sérieuses raisons de croire que le Dr Church avait fait passer des messages à l'ennemi.

Mais George traitait chaque crise avec une calme assurance. Quand venaient les moments de découragement, il n'avait qu'à penser à l'équipage qui approchait probablement de Philadelphie à présent.

Il écrivit à Reed d'escorter Patsy dans Philadelphie et de prendre soin d'elle durant les quelques jours de son séjour dans la ville. Pour la dernière partie du trajet, il envoya le colonel Baylor à sa rencontre et le chargea de la guider à travers la Nouvelle-Angleterre.

Il avertit les dames – Kitty Greene, Mercy Warren et Mme Mifflin – de son arrivée et elles lui assurèrent qu'elles feraient en sorte de lui tenir compagnie quand lui-même serait occupé.

Le soir du 11 décembre, il était dans son bureau, plongé dans la lecture des interminables rapports du Congrès. Ces derniers jours, il avait gardé l'oreille tendue, à l'affût du moindre bruit de roues, mais maintenant il était tellement occupé à rédiger son texte qu'il restait insensible au bruit. Il devait faire comprendre au Congrès le désespoir de leur situation, sans toutefois paraître désespéré. Il ne voulait pas donner une impression de découragement mais leur faire prendre conscience d'un besoin urgent, tout en gardant confiance dans la victoire finale.

Il entendit la porte de l'entrée s'ouvrir et un bruit de pas précipités. Il se leva d'un bond tandis qu'une sentinelle frappait à la porte et entrait en trombe. « Elle est là, Votre Excellence, votre dame est là. »

George passa devant l'homme en le bousculant. Il parcourut le long couloir en quelques enjambées. Une autre sentinelle tenait la porte d'entrée ouverte. Il descendit les marches quatre à quatre. La voiture était arrêtée au pied de l'escalier à double révolution. Jacky était déjà descendu et aidait Nellie à sortir. George donna une tape amicale à son beau-fils et le jeune homme s'écarta rapidement.

George tendit les bras et Patsy s'y précipita.

Il la tint contre lui, l'enlaçant étroitement, sentant les mains de sa femme serrées autour de son cou. Il embrassa ses joues si douces, ses paupières, ses lèvres. Elle était là. Elle était là. Elle avait bravé la glace, la neige, les dangers et le risque d'être faite prisonnière, mais elle était venue. Quelle que soit la place qu'il tenait dans son cœur, il l'accepterait. Elle serait toujours et à jamais la première dans le sien. Et elle était là. Elle murmura son nom et il essaya de dire « Bienvenue, ma chérie », mais d'une voix si rauque qu'il se demanda si elle avait entendu. Gardant un bras autour d'elle, il l'entraîna dans la maison. Puis il s'écarta pour saluer Jacky et Nellie. Jacky était devenu un homme, presque deux ans de mariage lui avaient donné un air sérieux, une maturité qui seyait à son élégante silhouette. Nellie était plus ravissante que jamais et montrait une confiance en elle que l'on ne soupçonnait pas chez la jeune mariée transportée de bonheur.

George serra la main de Jacky, étreignit et embrassa Nellie rapidement et se tourna à nouveau vers Patsy. Elle avait ôté son manteau et son bonnet et portait une élégante tenue de voyage vert foncé. En sept mois, depuis qu'il ne l'avait pas vue, ses cheveux étaient devenus complètement gris. Était-ce la couleur de ses cheveux ou son attitude ? Un changement indéfinissable se remarquait chez Patsy. Il y avait une dignité nouvelle dans ses gestes quand elle tendit son manteau à son ordonnance, une sérénité qu'il n'avait jamais observée auparavant. Jadis elle aurait été gênée de toute démonstration d'affection en présence des enfants. Aujourd'hui elle venait vers lui, glissait sa main dans la sienne, et Jacky et Nellie auraient pu tout aussi bien ne pas être dans la pièce.

Billy apporta du vin et accueillit les nouveaux arrivants avec un large sourire. « Avez-vous pris soin du général ? » lui demanda Patsy.

Elle accepta le vin et répondit à ses assurances : « Le général semble en bonne forme, bien qu'il eût pu prendre un peu plus de repos. Je remarque quelques rides nouvelles. » Elle fit courir son doigt sur son front. « Je ne me souviens pas de celles-ci.

– Il y en a d'autres qui apparaissent quand je suis à mon bureau, dit George, et d'autres qui se creusent quand je passe les troupes en revue, et d'autres encore quand je regarde vers le port de Boston… mais qu'importe. Racontez-moi votre voyage. »

Jacky rit. « Notre voyage a consisté en trois semaines pendant lesquelles mère n'a cessé d'exhorter le cocher à forcer l'allure. Sir, vous ne pouvez imaginer combien je suis heureux de la remettre entre vos mains. »

George haussa les sourcils et Patsy dit : « Taisez-vous, Jacky. »

Jacky n'avait pas l'intention de se taire. « Franchement, Poppa, depuis la lettre annonçant que vous ne rentreriez pas, maman nous a tous épuisés, jusqu'à ce que je sois convaincu que nous finirions tous par nous écrouler. En fait, à Mount Vernon, elle parcourt tous les jours la propriété à cheval avec Lund pour s'assurer que vos instructions sont respectées. Elle vérifie que chaque buisson a bien été planté à l'endroit que vous aviez indiqué. C'est elle qui conduit les travaux d'extension. On entend partout "Le général ne sera pas satisfait ; recommencez, le général a dit d'arrondir cet angle de telle façon." Lorsque vos nouveaux appartements ont été décorés, elle a vérifié chaque clou du tapis, prétextant que vous remarqueriez la plus petite malfaçon. Quand tout le monde l'a suppliée de quitter Mount Vernon, par peur de Dunmore, elle a refusé. Et si ce gredin s'était présenté à la porte, je suis convaincu qu'elle n'aurait pas fui. Elle aurait dit : "George a mis toute sa vie dans Mount Vernon, je le sauverai pour lui."

– Quelles armes auriez-vous choisies ? » demanda George doucement.

Il regardait Patsy, ému à la vue de la faible rougeur qui montait à ses joues, inconscient des larmes qui affluaient à ses propres yeux.

Jacky abandonna son ton moqueur. « Je crois que l'amour aurait été son épée et son bouclier, Poppa, dit-il calmement. Maintenant... » Il effleura le coude de Nellie. « Nous allons nous installer et nous vous retrouverons un peu plus tard. »

Puis il s'avança vers George et lui saisit la main. « Vous nous avez terriblement manqué, sir. Si je peux me permettre, j'aimerais vous être utile ici. Il semble injuste que mon père porte l'entière responsabilité de nos forces tandis que je reste à ne rien faire en Virginie. Peut-être auriez-vous un poste où je pourrais me rendre utile. »

George examina le beau jeune homme qui lui avait demandé jadis de porter son épée. Il s'était trompé à son sujet. Son mariage précoce lui avait permis d'acquérir la maturité qu'il avait tant désirée pour lui. Jacky avait dit « mon père ». Jacky était venu non seulement pour escorter sa mère, mais pour apporter son aide à George. « Je serai fier de vous avoir à mes côtés », dit-il. Demain, pensa-t-il, demain lorsque je monterai au front, Jacky m'accompagnera. Demain, l'armée verra mon fils.

Puis la porte se referma derrière Nellie et Jacky, et il se retrouva seul avec Patsy. Il se rappela ce que Jacky avait dit : « L'amour aurait été son épée et son bouclier. » Une vague d'émotion le submergea. Il se moucha vigoureusement, puis dit : « Ce salon... Je pensais que vous pourriez l'utiliser durant la journée. Vous pourriez y recevoir les dames. J'espère qu'il vous plaît. »

Ils étaient face à face – elle au centre de la pièce. Il avait raccompagné le jeune couple à la porte et se tenait devant elle. Toute couleur avait déserté son visage, elle était blanche comme un linge soudain. Elle serra ses mains l'une contre l'autre. « La pièce me plaît beaucoup, dit-elle. Vous m'avez manqué, George. » Ils étaient à une distance de quelques mètres, mais on eût dit un abîme. La seule fois où il était resté ainsi paralysé était ce jour atroce où il avait tenu la petite Patsy dans ses bras et essayé de lui insuffler un peu de vie. En cet instant, il éprouvait la même sensation d'imminence. Quoi qu'ils disent, leurs paroles traceraient le cours de leur avenir. Elle devait comprendre maintenant ce qu'il ressentait pour elle. Mais les mots ne lui vinrent pas.

Ce fut elle qui parla en premier : « Depuis ce matin où vous êtes parti... et où je ne vous ai même pas dit au revoir, vous savez... pas vraiment au revoir... j'ai été tellement malheureuse que vous partiez. J'avais besoin de vous.

Mais je ne me suis jamais préoccupée de vos besoins. Ce n'est qu'au moment de votre départ que je me suis rendu compte... J'ai su que si la guerre éclatait vous pourriez ne pas revenir. Et j'ai su que je ne pourrais pas le supporter. Jamais. Mais je me suis montrée tellement égoïste l'année dernière. J'ai toujours été si égoïste. »

Il était incapable de bouger. Incapable de lui répondre. Les mots rassurants se pressaient dans sa gorge. « Vous n'étiez pas égoïste. Vous étiez anéantie par le chagrin. » Mais il resta muet.

Elle s'avança d'un pas vers lui. « Pendant tous ces mois, j'ai réfléchi. La petite Patsy a été si heureuse. Vous l'avez rendue tellement heureuse. Lorsqu'elle était malade et apeurée, c'était toujours vers vous qu'elle se tournait. Dès la première minute où elle vous a tendu les bras, alors qu'elle n'était qu'un bébé, vous l'avez protégée. Vous vous êtes occupé d'elle. Vous lui avez donné tout le bonheur, tout l'amour possible. Vous avez tout fait pour qu'elle ait une vie parfaite. Et quand elle est morte, je n'ai pas une seule fois pensé à vous, uniquement à moi... »

Un autre pas. Sa voix était essoufflée maintenant. Les mots se bousculaient. « Et pendant toutes ces années... Jacky... vous vous êtes chargé de son éducation, vous en avez fait un homme quand je l'aurais sûrement gâté.

Vous savez qui m'en a fait la réflexion ? Lui-même. Et son mariage – vouloir qu'il se marie afin qu'il reste auprès de moi, vouloir des petits-enfants, au lieu de me soucier de vous quand vous étiez si inquiet. Je ne vous ai jamais donné d'enfant et vous ne me l'avez jamais reproché. Jamais. Vous étiez navré de ma déception, et seul vous avez porté tant de poids sur vos épaules pendant tous ces mois… »

Elle était devant lui maintenant, ses mains posées sur sa poitrine. Elle tordait le bouton de sa veste. « Je voulais venir depuis longtemps, mais je craignais que vous refusiez de me voir. Lorsque vous avez écrit que Mme Greene, Mme Mifflin et les autres étaient ici et que vous nc m'avez pas demandé de venir, j'ai pensé que… j'étais peut-être devenue un fardeau. Je serais venue de toute façon. Rien ne m'en aurait empêchée. C'est Mount Vernon qui a donné un sens à ma vie pendant ces mois… »

Le bouton sauta. D'un air absent, elle le fourra dans sa poche et continua : « J'ai été dure, exigeante. Tout le monde le sait. Je le sais. C'est parce que tout va de travers quand vous n'êtes pas là. Vous m'avez tellement manqué. Ce n'est pas gai de monter à cheval, de se promener, de recevoir ou de rendre visite, quand vous n'êtes pas là. Je suis devenue difficile, irritable. »

Elle triturait le bouton suivant, le tortillait, tirait dessus. « Et je n'étais capable de penser qu'à une chose, je ne vivais qu'en pensant à une chose, c'est que si nous étions vaincus, ils vous pendraient. Car ils l'auraient fait, n'est-ce pas ? Et je ne pouvais pas le supporter... » Le bouton sauta. Elle le regarda, soudain consciente de ce qu'elle faisait. Elle leva les yeux vers lui, stupéfaite et rougissante. « Oh, George... »

Et, soudain, l'émotion qui le paralysait disparut. La chaleur courut dans ses veines. Il pouvait enfin bouger. Il pouvait parler. Ils éclatèrent de rire tandis qu'il la prenait contre lui. « Ma chère, chère Patsy. » Il l'embrassa et les larmes mouillèrent leurs joues. « Je suis si fier de vous », murmura-t-elle. D'une même voix, ils dirent : « Je t'aime. »

Et ensuite, parce que les autres les rejoindraient bientôt pour le souper – Jacky et Nellie et les officiers d'état major –, elle sécha ses larmes, remit de l'ordre dans sa coiffure et chercha dans sa poche une aiguille et du fil qu'elle y gardait toujours pour recoudre les boutons. Assis près d'elle, il la regarda faire, comblé et heureux.

Combien de fois étaient-ils restés ainsi jadis ?... ils recommenceraient. Il en était sûr. Qu'importe le temps qu'il faudrait, et ce serait long, quelles que soient les épreuves, et elles seraient nombreuses, quelles que soient les souffrances, et souffrance et chagrin faisaient partie de la guerre, ils les surmonteraient.

C'est ce qu'il lui dirait ce soir. Ce soir, lorsqu'elle s'endormirait contre lui. Il la mettrait au courant. Mais elle le savait déjà. Elle pourrait rester jusqu'au printemps. Quand la campagne commencerait, il la renverrait à la maison. Mais elle resterait avec lui le plus longtemps possible. Une énergie retrouvée lui fit oublier la fatigue, les soucis et les tensions. Toute sa vie il avait attendu ces quelques minutes... toute sa vie.

Elle finit de recoudre les boutons, lui tendit sa veste, l'aida à l'enfiler. « Le général est superbe », dit-elle, inspectant son ouvrage. Elle ajouta : « Ils sont bien cousus, ils tiendront mieux qu'avant.

– Je n'en doute pas, dit-il d'un ton solennel. Et maintenant...

– Son Excellence a faim, dit-elle.

– Meurt de faim ! »

Il n'avait jamais eu aussi faim de sa vie, et il flottait dans la maison l'odeur alléchante du jambon et des tartes que Patsy avait apportés de Mount Vernon.

12-16 mars 1797
De Baltimore à Mount Vernon

L'escorte de Baltimore les accompagna jusqu'à l'auberge de La Fontaine où ils avaient prévu de séjourner. Autour de l'établissement et dans les rues avoisinantes, la foule s'était massée pour les acclamer. La tempête de neige faisait rage et les flocons tourbillonnaient dans le vent, s'insinuant sous les écharpes et les manteaux étroitement serrés. George était impatient de voir Patsy à l'abri du froid, mais elle s'attardait, souriant, saluant la foule.

Comme il insistait pour qu'elle rentre, elle répondit calmement : « Ces gens sont restés des heures à nous attendre. Nous pouvons sûrement nous attarder dehors quelques minutes. »

Par égard pour eux, Calhoun, le maire, abrégea le discours qu'il avait préparé et se contenta de leur présenter les compliments du Conseil de Baltimore.

Ils prirent la route tôt le lendemain dans la matinée, et le mauvais temps les poursuivit jusqu'à Bladensburg, leur étape suivante. Le 14, lorsqu'ils arrivèrent dans la nouvelle ville fédérale de Washington, la neige avait commencé à fondre et les routes s'étaient transformées en une véritable mer de boue. Les chevaux avaient peine à tirer la voiture dont les roues s'enfonçaient dans d'innombrables ornières. George regardait au-dehors avec curiosité. Il ne regrettait pas d'avoir quitté ses fonctions avant que le gouvernement s'établisse ici. Il reviendrait à la famille Adams d'occuper la nouvelle résidence présidentielle. Patsy, Dieu soit loué, n'aurait pas à se charger de son agencement.

Le soir, ils partagèrent un repas léger avec Patty et Thomas Peter, puis ils allèrent tous chez Eliza et Thomas Law pour le souper. Comme ils passaient devant la Résidence encore en construction, une salve tirée par seize canons les salua. Patsy considéra les dimensions de la maison. « Elle sera magnifique, dit-elle, un décor digne de la charge, mais je suis bien contente de ne pas avoir à l'installer. »

La même pensée les avait traversés, constata George. Après quarante années de mariage, ils se comprenaient toujours.

Eliza Law et Patty Peter étaient les filles aînées de Nellie et Jacky Custis. Pendant le dîner, Patsy ne cacha pas sa joie d'être à table avec trois de ses petites-filles. C'étaient de charmantes jeunes femmes, et comme leur frère, le jeune Washington, elles ressemblaient à leur père.

Des trois filles de Jacky, George ne pouvait nier que Nelly était sa préférée. C'était normal, se justifiait-il, étant donné qu'ils l'avaient élevée depuis l'enfance. Patsy les écoutait décrire leurs nouvelles maisons. Les deux aînées s'étaient mariées récemment. Quelqu'un nota que la prochaine sur la liste serait Nelly, et tout le monde s'esclaffa à la vue de la mine déconfite de George.

« Grand-papa n'a pas envie de perdre Nelly, dit Eliza.

– Grand-papa s'est évertué à retrouver les affaires égarées par Nelly durant le voyage, et il pense qu'elle ferait mieux d'attendre un peu avant de perdre aussi son cœur », répliqua-t-il.

Nelly se leva et passa un bras autour de son cou. Elle posa un baiser rapide sur ses cheveux. « Vous êtes encore fâché parce que j'ai oublié mes perruches », dit-elle.

L'éclat de rire de sa grand-mère déclencha l'hilarité générale.

Plus tard, quand ils se furent retirés dans la chambre à coucher confortable et agréablement meublée, George resta longtemps éveillé. La proximité de Mount Vernon l'emplissait d'une excitation telle qu'il était incapable de trouver le sommeil. Il se leva, attentif à ne pas réveiller Patsy, et alla s'asseoir dans un fauteuil près de la fenêtre. L'aspect moderne de la ville n'apparaissait pas dans la nuit. Les silhouettes des bâtiments en construction étaient autant de promesses.

Que deviendrait-elle, cette ville à laquelle on avait donné son nom, dans une décennie, une génération, un siècle ? Bien qu'il soit préférable de ne pas connaître l'avenir d'une manière générale, George aurait voulu voir ce que le siècle suivant apporterait à ce pays. Il y aurait des conflits, des reculs, des échecs, mais, en fin de compte, cette nation deviendrait puissante. Elle avait la fraîcheur et la vigueur de la jeunesse. Elle avait l'énergie d'un peuple loyal et généreux.

Il pouvait témoigner du cœur et du courage de ce peuple – il en avait eu la preuve à Cambridge, à New York, à Trenton, à Saratoga, à Valley Forge et Yorktown. Il avait vu ses hommes, affamés et en guenilles, défendre leur rêve sans une plainte et poursuivre le combat. Jusqu'au bout, jusqu'à ce que Cornwallis ait rendu son épée après la grande victoire de Yorktown.

Avec un soupir, George alla regarder par la fenêtre. Mais il ne voyait pas la ville fédérale baignée par la lune. Il se revoyait dans la plaine de Yorktown, entouré de son armée, acceptant la reddition anglaise de la bouche de l'officier qui représentait Cornwallis. Ils avaient lutté pendant plus de sept ans, depuis les premiers jours à Cambridge jusqu'à ce matin de 1781 où la fanfare anglaise avait joué *The World Turned Upside Down*, tandis que leurs officiers vaincus quittaient le champ de bataille. Les tuniques rouges ne semblaient pas avoir saisi la signification de cet air. C'était la musique sur laquelle les Continentaux entonnaient leur chant plein d'entrain, *Yankee Doodle Dandy*.

Dans les milliers d'yeux qui s'étaient portés sur lui durant ces moments marqués par le destin, il avait tristement ressenti l'absence de Jacky.

Ses poings se crispèrent. Seize ans après il ne pouvait pas penser à son beau-fils sans éprouver un douloureux serrement de cœur. Il pensait à Jacky qui s'était tenu à ses côtés à Yorktown, Jacky, son cher et fidèle aide de camp. L'adolescent paresseux et indolent était devenu un mari, un père et un fils attentionné. Seul était resté inchangé l'esprit de repartie des Custis. Combien de fois était-il parvenu à faire sourire George même dans les moments les plus sombres ? Mais les problèmes de santé semblaient héréditaires chez les enfants Custis et les privations avaient affaibli sa résistance. Il avait contracté le typhus qui sévissait dans les camps et avait dû être transporté chez la sœur de Patsy, à Eltham, à trente miles de là. Patsy et Nellie étaient venues le soigner, mais George avait bientôt reçu un message affolé : Jacky était mourant.

Il était arrivé à temps pour être au chevet du jeune homme qu'il avait toujours considéré comme son fils. Il lui avait tenu la main, voyant peu à peu les frissons diminuer, les râles s'espacer. Lorsque tout avait été fini, il s'était tourné vers Patsy, redoutant sa réaction. Mais elle ne regardait pas le corps de son fils. Ses bras enlaçaient étroitement Nellie et elle murmurait des mots de consolation à la jeune veuve. George les avait serrées toutes deux dans ses bras, puis avait dû regagner Yorktown à la hâte. Comme une bougie dans l'obscurité, une pensée éclairait sa tristesse. Cette fois, Patsy surmonterait sa peine. Elle guérirait de son chagrin en prenant soin de Nellie et de ses enfants.

Une grande victoire venait d'être remportée mais la guerre n'était pas finie. Deux ans d'escarmouches et d'atermoiements devaient précéder la signature du traité de paix. Deux ans avant que George puisse démissionner et rentrer chez lui.

Patsy n'avait pas laissé son chagrin assombrir le retour au bercail. Un air de fête emplissait la maison, voisins et parents avaient été conviés à saluer le retour de George. Il avait compris qu'elle avait fini par accepter la réalité de son destin, la vision des quatre tombes de ses quatre enfants.

Mais Mount Vernon n'était pas destiné à rester sans enfants. Quand Nellie était repartie chez elle, elle avait emmené ses deux aînées, et laissé derrière elle les deux plus jeunes, la petite Nelly et le petit Washington. Elle avait demandé à Patsy et à George de prendre soin d'eux, prétextant que Mount Vernon aurait besoin de leur présence, et que Jacky eût été heureux de savoir que sa mère et le général l'aidaient à élever sa famille.

Quelle générosité de la part de Nellie, quelle abnégation de renoncer à éduquer ses propres enfants ! Elle s'était remariée quelques années plus tard avec un ami de George, le Dr David Stewart. Les Stewart avaient une grande famille à présent, mais Nellie était toujours restée proche des enfants de Jacky.

Patsy avait accueilli avec bienveillance le remariage de sa belle-fille. « Elle a rendu Jacky très heureux et mérite de retrouver le bonheur. Moi-même, que serait devenue mon existence si je ne m'étais pas remariée ? »

La question avait amené un sourire sur les lèvres de George. « Qu'auriez-vous fait si vous ne vous étiez pas remariée ? » avait-il demandé.

« George ! » Une voix autoritaire et réprobatrice le tira de sa rêverie. Patsy était assise dans le lit, les sourcils froncés. « Revenez vous coucher. Vous allez attraper froid. »

Le général obéit, soudain conscient d'être gelé jusqu'aux os. Il regagna le lit, à l'évidence trop court pour lui, remonta les couvertures et, penaud, se lança dans une vague explication : « Je n'arrivais pas à m'endormir et je me suis laissé emporter par mes pensées.

– En tout cas, vous n'avez certainement pas songé à votre gorge », rétorqua Patsy, mais l'inquiétude avait remplacé la réprobation dans son ton : « Vos mains sont glacées. »

Elle se mit à les frictionner.

« Je ne m'en suis pas rendu compte. Je me rappelais les années de guerre. Lorsque le conflit a pris fin, j'étais certain que j'allais rentrer chez moi pour de bon.

– Aujourd'hui, vous avez l'air tout aussi fatigué. Mais quelques semaines à la maison suffiront à vous requinquer. Et, grâce au ciel, on ne risque pas de vous rappeler cette fois-ci. Désormais, vous serez le fermier Washington, mon vieil ami. »

Il s'enfonça dans l'oreiller et ferma les yeux. « Je n'imagine pas titre qui me convienne mieux. J'ai tellement détesté le troquer contre d'autres.

– Je me souviens du jour où le fermier Washington a appris qu'il allait être le président Washington, dit Patsy. Je crois que c'est à partir de ce moment-là que je me suis résignée à l'inévitable, avant même que vous l'acceptiez. Dès que la Constitution fut rédigée, j'ai su que vous seriez nommé président.

– Adams avait pourtant bénéficié de nombreux votes, lui rappela George.

– Adams n'a jamais été considéré avec sérieux, rétorqua Patsy. Et maintenant, vous devriez dormir. Il nous reste un long trajet avant d'arriver à la maison.

– Non, Patsy, dit-il d'un ton joyeux. Le voyage est presque terminé. »

Il sentait le poids du sommeil peser sur ses paupières. Il aurait volontiers médité plus longtemps, passé en revue ces huit dernières années, mais il aurait le temps plus tard. On lui avait déjà suggéré d'écrire ses mémoires. Des mémoires ! Son éducation limitée ne se prêtait guère à une telle entreprise. Que d'autres racontent l'histoire à sa place. Certains, comme le journaliste Bache, diraient que son mandat avait été un désastre. D'autres comprendraient qu'il avait tenté d'agir suivant sa vision et trouveraient peut-être du mérite à ses efforts et à ses réalisations.

Le temps, à nouveau, oui, le temps ferait son œuvre ; le temps enregistrerait, pèserait, comparerait. Il avait fait de son mieux et se contentait de le savoir. Oh, il reconnaissait ses échecs, il y en avait eu. Comme il sombrait dans le sommeil, il songea que même sa mère admettrait sans doute qu'il s'était conformé à la devise familiale. Avant de s'endormir, il crut l'entendre répéter : « Aspire... au... ciel. »

Le lendemain, ils partirent à l'aube. Escortes, défilés et discours les attendaient à Georgetown. Puis ce fut Alexandria, dont l'accueil enthousiaste les laissa sans voix. Il soufflait un vent froid, mais le soleil était haut dans le ciel. Le printemps s'apprêtait à éclore sous les dernières bouffées glacées de l'hiver.

Enfin, ils ne furent plus qu'à quelques miles de Mount Vernon. La foule était nombreuse au débarcadère du ferry, mais elle était différente, composée de voisins et de citoyens qui n'étaient pas venus accueillir un président mais l'un des leurs. Ils poussaient des cris de joie, se pressaient pour escorter à cheval la voiture durant la dernière étape du voyage.

La route qui menait à Mount Vernon était aussi celle de Belvoir. Le regard de Patsy devint songeur. George comprit qu'elle partageait sa tristesse. Combien de fois avaient-ils emprunté ce chemin pour rendre visite aux Fairfax ? Mais Belvoir avait été détruit pendant la guerre. George William était mort et Sally ne reviendrait sans doute jamais. George sentit la main de Patsy se glisser dans la sienne. Ce retour aurait été parfait si leurs deux vieux amis avaient été présents pour les accueillir comme ils le faisaient jadis.

À présent, ils pénétraient sur les terres de Mount Vernon, leurs terres. La voiture prit de la vitesse ; les chevaux semblèrent littéralement voler jusqu'à ce qu'ils fussent en vue de la maison. C'était elle ! Elle resplendissait, fière et superbe dans le soleil de la fin de l'après-midi. Les lumières brillaient à toutes les fenêtres tels des fanaux de bienvenue. La voiture fit le tour du nouveau terrain de boules tandis que les esclaves se rassemblaient dans la cour. Ils sortaient en flots pressés de l'écurie, de la filature, des cuisines, de l'atelier de menuiserie. Sur les marches de l'escalier extérieur, les domestiques vêtus de la livrée rouge et grise des Washington faisaient de grands signes de bienvenue. Des voix criaient leurs noms, les saluaient avec enthousiasme.

Les habitants de la ville qui les avaient escortés jusque chez eux mirent pied à terre et se joignirent aux acclamations. George aida Patsy à descendre de voiture. Il savait que l'éclat qui brillait dans ses yeux était le reflet du sien. La gorge nouée, il se tourna pour accueillir ses amis et les inviter à entrer. Mais ils refusèrent. Ils se contentèrent de leur serrer la main en souriant, promettant de revenir bientôt. Puis ils remontèrent en selle et s'éloignèrent. Patsy et lui se tournèrent alors vers leurs esclaves dont la joie éclatait bruyamment.

Le vieux Billy était à son poste et ce fut lui qui eut l'honneur d'ouvrir la porte pour les faire entrer. Comme il s'apprêtait à la refermer, George l'arrêta et échangea avec lui une poignée de main robuste. Il jeta un dernier regard à ses terres – les terres que, dès le lendemain, il irait inspecter et soigner à nouveau ; ensuite seulement il referma. L'air piquant de l'hiver avait refroidi l'entrée, mais Patsy et lui se hâtèrent dans le salon où une joyeuse flambée crépitait pour accueillir chez lui le maître de Mount Vernon.

Achevé d'imprimer
en juillet 2008
par Printer Industria Gráfica
pour le compte de France Loisirs, Paris

Numéro d'éditeur : 52419
Dépôt légal : août 2008